꿈꾸는 엄마는
세상보다
단단하다

119 맘의 알레르기 불감증 세상에서 살아남기

꿈꾸는 엄마는
세상보다
단단하다

한은진 지음

세상모든책

차례

제4장 유난스러운 엄마의 특별한 아이 키우는 법

에필로그

저는 우유 알레르기 쇼크 아이를 키우는 119 맘입니다

문득 위를 쳐다보았다. 착각이었을까? 오랏줄이 나를 향해 내려오는 느낌이 들었다. 너무 지쳤다. 이젠 그만두고 싶다. 그 오랏줄에 목을 걸려고 하는 순간 아들의 목소리가 들려왔다.

"엄마 뭐해?"

그 순간 정신을 차렸다. 착각이었을까? 그 순간 심각하게 죽음에 대해 생각했다. 정말 내가 죽어야 할까?

아들은 우유 알레르기 쇼크가 있다. 우유를 먹으면 정말 죽을지도 모른다. 세상 사람들이 먹는 맛있는 음식을 아들은 맘대로 먹지 못한다.

우유가 튀어도 닿아도 빨갛게 두드러기가 나는 건 물론이고 잘못 하면 기도가 부어서 숨을 못 쉰다. 인지 능력이 약한 유아기에는 부서지기 쉬운 유리 같은 아이였다. 우유보다도 더 뽀얀 피부에 피부병이라고는 눈 씻고 찾아봐도 없는 아이.

아이가 죽을까 봐 두렵고 무서웠다. 세상에 나가기가 힘들었다. 결혼 전에 나는 이런 사람이 아니었는데 아들의 안전을 위해 나만의 세상 속에 숨어버렸다.

아들이 점점 상태가 나빠지자 너무 견디기가 힘들었다. 이게 모두 내가 잘 못 한 것만 같았다. 나는 나를 옥죄었고 내 몸과 마음은 끝이 없는 늪으로 빨려 들어갔다. 그러다가 마침내 환각을 본 것이다.

'정말 죽어버릴까?'

'너무 괴로운데 잠깐이면 모든 게 끝날 텐데'라고 생각했다.

그런데 아들의 얼굴을 보는 순간 눈물이 주르륵 흘러내렸다. 그런데 내가 돌보지 않으면 누가 돌볼까? 아들이 4살 때 내 머리 위로 내려온 오랏줄을 아직도 기억한다.

그 순간 내가 극단적인 선택을 했다면 어땠을까? 벌써 8년도 더 된 일이다. 그리고 이젠 웃으면서 이야기한다.

"엄마가 그때는 너무 힘들었어. 너를 지키고 싶었는데 엄마는 너무 무서웠어. 하지만 이젠 괜찮아. 누구보다 씩씩해졌거든"

아들은 12살이 되었고 이제는 아들이 나를 지켜주고 있다. 매일 아침 내게 다가와 "엄마 사랑해"라고 말해준다. 그 순간 아들의 눈을 바라보며 다시 돌아온 나를 칭찬한다.

"잘했어. 죽지 않고 사는 거야"

아들을 안으며 다짐했던 그날 새로운 희망을 보았다. 그건 절망 속에서 건져 올린 삶이다. 삶을 놓고 싶은 순간을 천천히 이겨낸 나에게 오늘도 박수를 쳐주고 싶다.

"고생했어. 은진아! 그동안 잘 버텼어"

지난날을 떠올리며 이렇게 환하게 미소짓는다.

꿈꾸는 엄마는 세상보다 단단하다

제 **1** 장

119 맘의
알레르기 불감증
세상에서 살아남기

1-1

우유 때문에
숨 쉬지 못하는 아이

"숨 쉴 수 있어? 괜찮은 거지? 좀 나아지고 있어?"

아들은 대답이 없다.

"절대 잠들면 안 돼! 정신 차려!"

나는 병원에 도착하기 전까지 아들에게 똑같은 질문을 반복한다. 의사 선생님에게 의식을 잃으면 안 된다는 말을 들었기 때문이다. 정신없이 운전하면서 거울로 아들을 살펴본다. 아이의 얼굴이 빨갛게 부어오르고 쉴 새 없이 기침을 해댄다. '엄마 빨리 병원으로 가야 해!'라고 말하는 것만 같다. 뜨거운 눈물이 쉴 새 없이 뺨을 타고 흘러내린다.

다행히 병원이 눈앞에 보인다. 어떻게 차를 운전하고 왔는지 기

꿈꾸는 엄마는 세상보다 단단하다

억조차 나지 않는다. 아들을 살려야 한다는 생각에 급히 차에서 내린다. 아이를 업고 미친 듯이 뛴다.

"어쩌다가 이렇게 된 겁니까? 조금만 더 늦었으면 정말 큰일 날 뻔했어요!"

의사 선생님의 표정에서 상황의 심각성을 다시 한번 확인할 수 있다.

"주사와 약을 좀 처방해 드릴 겁니다. 약을 먹고 주사를 맞아도 효과가 없다면 다시 응급실에 가야 합니다. 이것 이상으로 제가 더 해드릴 수 있는 게 없을 것 같군요. 상황이 더 안 좋아지면 종합병원으로 가셔야 할 것 같습니다"

"엄마, 울지 마! 나 이제 아무렇지도 않아"

어느새 깨어난 아들이 빙긋이 웃어 보이며 나를 안아준다. 환하게 웃고 있는 아들의 모습을 보니 다리에 힘이 풀린다. 이번에는 정말 큰 일 날 뻔했다. 아들의 품에서 놀란 가슴을 쓸어내린다.

"누가 잘 못 한 게 아니야. 선생님 잘못도 아니야"

혹시라도 엄마가 누구를 원망하는 말을 할까 걱정이 된 걸까. 아이는 어른스럽게 말한다. 어느새 마음이 이만큼 자랐나 싶다. 정말 미안하고 고맙다. 이렇게 힘든 순간에도 내가 웃을 수 있는 건 이런 아들이 있기 때문이다. 둘이서 손을 잡고 병원 문을 나선다. 억울하다는 생각이 밀려온다. 벌써 세 번째 알레르기 쇼크. 왜 하필 내 아이에게 이런 일이 생긴 것일까?

첫째 아이는 식품 알레르기가 있다. 일명 아나필락시스(anaphylaxis)다. 식품 알레르기는 음식을 먹은 뒤 나타나는 이상 반응 중 알레르기 면역 반응 때문에 생기는 질환이다. 대부분은 두드러기처럼 가벼운 증상이다. 하지만 아들은 우유를 마시거나 접촉하기만 해도 얼굴이 붓고 기침을 심하게 한다. 무엇보다 위험한 건 호흡이 곤란해진다는 점이다.

아이가 알레르기가 있다는 사실을 알고 나서부터 나는 아이를 세심하게 돌보고 있다. 쇼크가 오면 위험하다는 말은 들었지만 직접 겪어보니 하늘이 무너지는 것 같다. 아이가 숨을 쉬지 않으니 이만큼 무서운 일이 또 있을까? 일반 병원에서 주사를 맞고 약을 먹어도 증세가 가라앉지 않으면 응급실에 가서 처치를 받아야 한다. 제시간에 처치가 이루어지지 않는다면 정말 잘못될 수도 있다.

"도대체 엄마가 뭘 먹어서 그래?"

알레르기가 있는 아이를 둔 엄마들은 종종 이런 말을 들어야 했다. 나도 주변에서 이런 이야기를 많이 들었다. 그럴 때마다 억울한 것이 엄마의 심정이다. 나는 아이가 태어나기 전, 태교에 많은 신경을 썼다. 당연히 먹는 것에 신경을 썼고, 규칙적으로 운동도 했고, 사람들을 만나 좋은 대화를 나누었다. 그리고 되도록 행복한 생각을 하려고 노력했다. 첫 아이가 태어났을 때 이루 말할 수 없는 큰 행복을 느꼈다. 아이가 7개월 때까지 나는 행복한 엄마였다. 아무런 고민이 없었다.

하지만 아이가 알레르기 쇼크가 있다는 사실을 알게 된 이후부터 힘든 시간이 시작되었다. 엄마가 잘못해서 그런 것이라는 주위의 시선에도 마음이 아팠지만, 그보다 더 속상한 것은 아이가 힘들어하는 것이었다.

아이가 어린이집에 갈 나이가 되었을 때, 나는 아들이 시설에서 생활할 방법을 고민했다. 만약 어린이집에서 아들의 알레르기 쇼크가 일어난다면, 담당 선생님은 물론 원장 선생님이나 함께 생활하는 다른 아이들까지 힘들어질 수 있기 때문이다. 물론 아들이 가장 고통스러울 테고 말이다.

아나필락시스(anaphylaxis), 이름도 생소한 이 질환을 알리기 위해 나는 누구나 이해할 수 있도록 행동지침(매뉴얼)을 만들었다. 그리고 어린이집에서 임원을 맡는 등 적극적으로 활동했다. 아이를 위해서는 꼭 해야만 하는 상황이었다. 우유 알레르기 쇼크가 있는 아이를 안전하게 키우는 것은 결코 만만한 일이 아니었다.

우유는 거의 모든 음식에 들어간다. 아무리 주의를 해도 한순간의 실수로 큰 사고가 날 수 있다. 나는 항상 가슴 졸이며 조심하고 또 조심했다. 하지만 시설에 계신 분들은 간혹 '우유가 조금 섞인 정도는 괜찮겠지' 하고 방심할 때가 있었다. 그리고 그런 안일한 생각이 우리 아이에게는 치명적이었다.

시설에 계신 분들께 내가 직접 만든 행동지침(매뉴얼)을 드리고, 몇 번이고 당부했다. 하지만 번번이 문제가 생겼다. 나는 일을 하다가도 전화를 받으면 119처럼 달려가야 했다. 아니 119보다 더 빨라야 했다. 그래서 직장에서도 오전 11시 30분에서 오후 1시까지는 어떤 일도 하지 못하고 전화기만 들여다보았다. 일하더라도 전화기를 항상 곁에 두고 1분마다 확인을 해야 마음이 놓였다.

모든 것이 엄마의 책임이었다. 누구도 아들을 책임져 주지 않았다. 아나필락시스 행동지침(매뉴얼)을 만들고, 거기에 빨간 펜으로 별표를 치고 강조를 해도 사고가 났다. 생사를 오가는 아이를 둘러업고 뛰면서 '미안하다'라는 말에 대꾸조차 할 겨를이 없었다.

'이런 일이 왜 나에게 자꾸만 생기는 거지?'

'내가 뭘 더 얼마나 해야 하는 걸까?'

아이가 안전하게 보호받아야 할 시설에서 세 번의 알레르기 쇼크

꿈꾸는 엄마는 세상보다 단단하다

를 겪었다. 그러고 나니 나는 사람들을 믿고 싶어도 더 믿을 수가 없게 되었다.

특별한 아이를 보살피기 위해서는 엄마가 해야 할 일이 너무나도 많다. 음식을 먹을 때마다 우유가 들어가 있는지 알레르기 성분표를 꼭 확인해야 한다. 도시락을 쌀 때도 늘 불안해하며 하나하나 확인한다. 하지만 아무리 조심해도 사고는 예기치 않게 발생한다. 무심코 주는 요구르트, 사탕 하나에도 아이는 심각한 상태가 될 수 있다. 언제나 사고의 위험이 아이를 따라다닌다.

나는 항상 아이의 일거수일투족에 촉각을 곤두세울 수밖에 없다. 전화가 울리면 바로 뛰어가는 119 맘이다. 만약 내 아이와 같은 질환이 있는 사람들을 위한 응급 행동지침(설명서)이 사회 속에서 체계가 잡혀 있다면 어떨까? 그렇다면 나는 불안해하며 119 맘을 자처하지 않아도 될 것이다. 직장에서 마음 편하게 일할 수 있을 것이다. 숨을 헐떡이며 아이를 찾으러 갈 때 맞닥뜨리는 그 낯선 눈빛을 감당해 내지 않아도 될 것이다.

소수가 느끼는 설움이 이런 것일까? 혼자서 아무리 노력을 해도 큰 변화는 일어나지 않았다. 우유 알레르기 쇼크가 있는 아이는 시설에서 골치 아픈 존재일 뿐이었다.

119 워킹 맘의
비애

벌써 다섯 시! 퇴근 시간이 되었다. 나는 서둘러서 퇴근 준비를 했다. 급한 마음에 옷을 갈아입으려고 들어가려던 찰나. 갑자기 환자들이 들이닥쳤다. 남은 동료 한 명이 다 해결하기엔 너무 버거워 보였다. 아이들을 생각하면 칼퇴근하고 가야 하는데 상황을 보면 도저히 칼퇴근할 수 없었다.

'잠깐만 도와주고 가야지' 나는 일하면서 이리저리 동태를 살폈다. 어느 정도 괜찮아지면 빠져나가야겠다고 생각했다. 하지만 줄어들지 않는 환자 때문에 내 속은 타들어 갔다. 지금쯤 아이들이 나를 눈 빠지게 기다리고 있을 텐데 말이다. 아이들에게 미안한 마음이 점점 커졌다. 제발 둘이 잘 있어 주길 바라는 마음뿐이었다. 결

꿈꾸는 엄마는 세상보다 단단하다

국, 퇴근 시간이 30분 넘게 지나버렸다. 고맙다는 동료의 말을 뒤로 하고 재빨리 집으로 달려갔다. 집에 오니 아이들이 나를 반겼다.

"엄마 왜 이제 와? 배고파" 아이들의 성화에 후딱 손을 씻고 저녁을 했다. 그래도 둘이 잘 놀고 있어서 마음이 놓였다. 매번 퇴근길은 이랬다. 아이들은 나를 기다리고 나는 눈치를 보며 회사를 나왔다. 악순환이었다. 아이들을 위해 퇴근 시간을 조정했는데 그 시간에 환자가 몰려오면 어쩔 수 없었다. 또 이렇게 늦어지고 말았다.

오늘도 아이들은 엄마가 오기를 하염없이 기다린다. 일하는 동안 아이들을 잘 돌봐줄 사람이 있다면 얼마나 좋을까? 하지만 그건 희망 사항일 뿐이다.

남편은 해외 출장을 자주 가는 편이다. 심지어 한번 나가면 몇 달씩 다녀오는 경우가 많다. 그리고 안타깝게도 양가 부모님에게 도움을 요청하기도 매우 어려운 상황이다.

아이들을 돌볼 사람을 구하자니 그것도 쉽지 않다. 아들의 알레르기 때문에 신경 써야 할 일이 많기 때문이다. 그래서 나는 늘 홀로 육아를 할 수밖에 없다.

매일 나의 아침은 분주하다. 나는 새벽부터 일어나 아들의 도시락을 챙긴다. 알레르기 때문에 먹을 수 없는 음식이 많기 때문이다.

아침을 준비하고 서둘러 아이들을 깨운다. 하지만 아이들이 순순히 일어날 리가 없다. 엄마가 지각하거나 말거나 뭉그적댄다. 둘 다 눈은 아예 감고 있는 것 같다. 겨우 일어나면 아이들은 아침을 먹는 둥 마는 둥 한다. 정신없이 준비를 대강 마치면 나는 서둘러 아이들을 차에 태우고 어린이집에 데려다준다. 그리고 숨 돌릴 틈도 없이 곧바로 회사로 출근을 한다. 운전하고 가는 동안 만감이 교차한다. 우선 회사에 지각할까 봐 걱정된다. 한편으로는 내가 아침부터 아이들을 닦달하고 화를 낸 것만 같아서 미안한 마음이 든다.

대한민국 워킹 맘은 너무 바쁘다. 육아와 살림 그리고 회사 일까지 세 마리 토끼를 잡아야 하기 때문이다. 간혹 아이 때문에 출근이 늦어지거나, 조퇴하게 되면 늘 가시방석이다. 상사는 물론 그럴 수도 있다며 나를 이해한다고 말한다. 하지만 그 따가운 눈빛을 감당하기란 쉽지 않다.

아이들은 아이들대로 엄마가 일일이 챙겨줘야만 한다. 이렇다 보니 정말 바쁘게 하루가 돌아간다. 둘 다 어린이집에 다닐 나이라 유난히 손이 많이 가는 시기이다. 눈코 뜰 새 없이 바쁜 아이들 육아도 결국 다 내 몫이다.

퇴근하고 돌아오면 집은 아수라장이다. 흡사 전쟁터를 방불케 한다. 여기저기 던져진 옷들, 아이들이 먹다가 흘린 과자며 음료 자

꿈꾸는 엄마는 세상보다 단단하다

국, 주방에 쌓인 설거지 더미 등 무엇을 상상해도 그 이상이다. 직장에서 퇴근하면 집으로 출근하는 워킹 맘들. 그녀들은 쉴 틈이 없다. 하지만 오늘도 그 일을 모두 묵묵히 감수한다.

나도 정말 프로답게 멋지게 일하고 싶다. 그러나 주변의 눈치를 봐가며 일해야 한다. 그게 바로 워킹 맘의 비애다. 더군다나 나처럼 아이들을 돌봐줄 사람이 없다면 더 힘들다. 게다가 남편마저 너무 바쁘니 나를 도와줄 사람은 아무도 없다. 살림과 육아 그리고 일. 나는 이 세 가지를 모두 완벽하게 해내는 슈퍼 워킹 맘이 되고 싶다. 그러나 그것은 나에게 쉬운 일이 아니었다.

딸이 5살 때의 일이다. 평소 잘 아프지 않던 둘째가 열이 40도가 넘게 올랐다. 나는 그날 아이 옆에서 밤새 체온을 확인했다. 해열제를 먹여도 소용이 없었다. 딸의 몸은 점점 불덩이처럼 뜨거워졌다. 밤새 아픈 딸을 지켜보다 보니 어느새 날이 밝았다. 그렇다고 다음 날 회사를 빠질 수도 없었다. 나는 잠 한숨 못 자고 회사에 출근했다. 아픈 아이를 어린이집에 맡겨두고 말이다.

눈이 자꾸만 감겼다. 일해야 하는데 피곤함이 몰려왔다. 정신을 차리려고 쓴 커피를 연거푸 들이켰다. 빈속에 커피를 들이붓자 속에서는 난리가 났다. 하지만 두 눈을 부릅뜨며 참을 수밖에 없었다. 결국, 나는 점심 먹는 것을 아예 포기했다. 점심시간에 조금이나마 잠을 자기 위해서였다.

그렇게 일을 마치고 퇴근 후에는 또 아이를 챙겼다. 3일을 그렇게 지내고 나니 더 버틸 힘이 없었다. 아이는 여전히 열이 펄펄 나고, 나도 아파서 쓰러질 지경이었다. 결국, 일을 그만두기로 했다. 너무 속상했지만 더는 회사에 폐를 끼칠 수는 없었다. 아픈 딸을 데리고 회사에 갔다. 회사에 도착한 내 몰골은 참담했다. 핏기라고는 찾아 볼 수 없는 허연 얼굴, 울어서 팅팅 부은 눈, 몸살로 덜덜덜 떨리는 팔다리… 정말 누가 살짝 건드려도 쓰러질 정도의 상태였다.

"은진 씨, 꼭 다시 와야 해. 약속하고 가" 내 손을 꼭 잡고 원장님 께서 말씀하셨다.

"그동안 정말 감사했어요. 죄송합니다"라는 말만 나는 몇 번이나 반복했다. 도시락을 싸고 회사에 다니고 모든 일을 혼자 하려니 내 몸도 고장이 났다. 내 상황이 이렇다 보니 언제 다시 오겠다는 말을 할 수가 없었다. 결혼 전에는 그렇게 일하는 게 좋았던 나인데… 이 제는 아이들이 있어서 일하기가 쉽지 않았다. 적지 않은 나이에 얻 은 직장인데 이렇게 그만두어야 하는 현실에 가슴이 미어졌다. 하 지만 그때는 그게 최선이라고 생각했다. 나도 나지만 아이도 돌봐 야 했으니 말이다.

꿈꾸는 엄마는 세상보다 단단하다

나는 쉬는 동안 더 나은 방법이 무엇인지 계속 고민했다. 하지만 아이들을 돌보며 일하기는 쉽지 않았다. 그 후 나는 회사를 두어 번 더 옮겼다. 최선을 다했지만, 여전히 상황이 좋지 않았기 때문이다. 결국, 나는 아이들의 상황을 고려해서 오후 근무를 시작했다. 오전 엔 아이들을 충분히 챙기고 책을 읽어주는 엄마로! 오후엔 아이들 간식과 저녁을 만들고 출근하는 워킹 맘으로 다시 일을 시작했다.

여전히 나는 회사에서 일하고 돌아와 다시 집으로 출근을 했다. 그리고 능숙한 솜씨로 쌓여 있는 집안일을 순식간에 해치웠다. 아이들 공부도 봐주고 자기 전에 나만의 공부도 조금씩 시작했다. 일을 안 하는 자투리 시간에 틈틈이 집안일을 했다. 그리고 나만의 꿈을 향해 몰두하는 시간도 천천히 만들어나갔다. 새벽 글쓰기와 아이들과 즐거운 요리하기, 그리고 생활 속 작은 운동들은 나에게 활력을 다시 찾게 해 주었다.

"위대한 사람들은 단번에 높은 곳으로 뛰어오른 것이 아니다. 많은 사람이 단잠을 자는 밤에 홀로 일어나 괴로움을 이기고 일에 몰두했다"

영국의 시인이자 극작가인 로버트 브라우닝(Robert Browning, 1812~1889)이 한 말이다.

지금도 나는 여전히 워킹 맘으로 처절한 비애를 느끼고 있다. 하지만 이 모든 것이 성장의 과정이다. 지금 당장은 힘들지도 모른다. 하지만 힘든 시간은 언젠가는 지나가기 마련이다. 홀로 일어나 괴로움을 이기며 일하는 모습 안에 더 나은 미래가 있다.

꿈꾸는 엄마는 세상보다 단단하다

특별한 아이를 위한
나라는 없다

"알레르기 쇼크 아이를 키우며 그동안 힘드셨던 것은 무엇입니까?"

2019년 1월 21일 MBC 뉴스 데스크에 나와 아들이 출연했다. 《유난 떤다고요? 잘못 먹으면 숨도 못 쉬어요》라는 제목으로 말이다. '방송에 나가는 거니깐 최대한 담담하게 인터뷰를 해야겠다'라는 나의 다짐은 어디로 간 걸까? 첫 질문부터 쉴 새 없이 눈물이 흘러내렸다. 아들 앞에서만큼은 눈물을 보이기 싫었지만, 감정조절이 안 됐다. 기자의 물음에 그동안 겪었던 일들이 스쳐 지나갔다.

어린이집 등원 첫날, 많은 친구와 어린이집에서 즐겁게 지내야 할 시간에 아들은 병원에 있다. 담임선생님이 건넨 요구르트가 원인이었다. 이미 입학 전에 원장님과 담임선생님을 만나 직접 만든 매뉴얼을 전달하면서 아들의 알레르기 원인 식품에 대해 설명하고, 주의를 부탁했음에도 불구하고 이런 일이 벌어졌다. 아들의 얼굴은 빨갛게 부어올랐고, 호흡 곤란에 계속 기침을 했다. 나는 소식을 듣자마자 어린이집으로 한달음에 달려가 아들을 데리고 병원으로 향했다. 주사를 맞고, 약을 먹고 알레르기 증상이 가라앉을 때까지 병원 침대에 누워있는 아이를 지켜보며 내 마음은 찢어졌다.

인터뷰를 진행할수록 감정이 복받쳐 눈물로 범벅이 된 나와 달리 아들은 차분하게 인터뷰에 응했다. 카메라에 알레르기로 피부가 엉망이 된 목 부분과 귀나 다른 부위도 촬영했다. 기자가 아들에게 알레르기가 있어서 어떤 점이 제일 힘든지 물었다. 아들은 겸연쩍은 표정으로 머리를 긁적이며 대답했다.

"친구들이 놀리기도 하고, 먹고 싶은데 못 먹어서 힘든 부분도 있어요"

우리의 힘들었던 지난날을 이야기하다 보니 어느덧 인터뷰는 끝나가고 있었다. 이미 지나간 일들이지만 다시 생각해도 어느 것 하나 아프지 않은 기억이 없었다.

꿈꾸는 엄마는 세상보다 단단하다

알레르기 쇼크와 함께 한 지 벌써 10년이 지났다. 10년이면 강산도 변한다고 했는데 우리 아들은 예외였다. 올해 초 나는 국회 토론회에서 정성껏 준비한 의견을 발표했다. 그 이후 진행된 뉴스 인터뷰에도 열심히 임했다. 나는 이렇게 열심히 노력하면 알레르기에 대한 인식이 많이 개선될 것으로 기대했다. 그렇지만 모든 것이 내 마음 같지 않았다. 방송이 나간 후에 많은 악성 댓글이 달린 것이었다. 정말 기운이 쭉 빠졌다. 행여 아들이 댓글을 볼까 봐 전전긍긍했다. 괜히 TV에 출연했나 하는 생각마저 들었다.

몇 년 전에 처음 뉴스에 출연했을 당시에 '나가 죽어, 왜 사니'라는 댓글에 심하게 상처받았다. 당시에 나는 하루하루 아이 때문에 내일을 생각할 수조차 없이 피폐해져 있었다. 방송이 나간 뒤, 집 밖으로 아이를 데리고 나가면 주변의 따가운 시선이 느껴졌다. 나와 아들을 보며 쑥덕쑥덕하는 소리가 들려왔다. '행여나 이 소리를 아들이 들으면 어쩌지?' 나는 두 손으로 아들의 귀를 막아주었다. 그리고 아들에게는 아무 일 아니라는 듯이 웃어 주었다. 아들만큼은 다른 사람들의 말에 상처받게 하고 싶지 않았다.

그전까지 나는 악성 댓글의 무서움을 잘 알지 못했다. 연예인들이 목숨을 끊는 것을 간간이 보면서 '정말 무섭네'라고 느끼는 정도였다. 그런데 내가 그 대상이 되어보니 생각한 것보다 훨씬 더 무섭고 힘든 일이었다. 그땐 악성 댓글 차단 기능도 거의 없었다.

가끔 사람들은 타인에게 굉장히 잔인할 때가 있다. 내가 TV에 나왔을 당시 내 인터뷰는 다른 한 아이의 사연 뒤에 소개되었다. 그 아이는 우유가 들어 있는 카레를 먹고 생명이 위험한 상태였다. 안타깝게도 그 아이는 결국 세상을 떠났다. 나중에 방송에 대한 사람들의 반응을 확인하면서 죽은 아이를 향한 댓글에 적잖이 충격을 받았다. '잘 죽었어, 살아서 뭐 해'라는 댓글이었다. 꼭 그렇게까지 말해야 했을까?

나는 그 아이의 일이 남의 일 같지 않다. 우유 알레르기 쇼크는 우유를 마시고 격한 신체활동을 하면 더 심해진다. 만약 우유가 들어 있는 카레를 아들이 아무것도 모르고 먹는다면, 그리고 여느 때와 다름없이 운동장에 나가 좋아하는 축구를 한다면 어떻게 될까? 몇 분 뒤면 아들은 쓰러질 수도 있다.

난 그 아이를 생각할 때마다 마음이 너무 아프다. 그 아이는 우리 아들처럼 우유 알레르기 쇼크가 있고, 활발한 남자아이였기 때문이다. 지켜주지 못한 부모의 마음은 얼마나 아팠을까? 갑자기 가슴 한편이 점점 먹먹해진다.

아들은 학교 급식을 먹지 못하고 대신 내가 싸준 도시락으로 아이들과 함께 밥을 먹었다. 그런데 하루는 아들의 반찬을 친구들이

꿈꾸는 엄마는 세상보다 단단하다

함께 먹자고 실랑이를 하다가 도시락을 엎어버리는 사건이 일어났다. 결국, 아들은 반찬을 제대로 먹지도 못하고 집으로 돌아왔다. 얼굴은 빨갛게 달아올랐다. 화가 잔뜩 나서 씩씩거리며 나한테 볼멘소리를 했다.

"엄마! 친구가 내 도시락 반찬을 자꾸만 달라고 해"
"친구가 도시락 반찬이 맛있어 보였나 보네"
나는 대수롭지 않게 말했다. 그런데 이어지는 아들의 한마디에 마음이 아팠다.
"친구가 나한테 '급식도 못 먹는 주제에'라고 놀려"

나는 상처 받은 아들을 꼭 안아주었다. 그것 때문에 오늘 하루 얼마나 힘들었을지 눈에 보였다. 억울하다는 표정으로 아들은 울먹였다. 아들의 얼굴이 이내 붉으락푸르락했다.
며칠 뒤, 나는 아들을 놀린 친구를 만나 이야기를 나눴다. 그냥 한번 먹어보고 싶었는데 도시락이 엎어질 줄은 그 친구도 몰랐다고 했다. 그런데 그 아이가 오해한 것이 있었다. 아들에게도 친구들에게 반찬을 줄 수 없는 나름의 사정이 있었다는 것을 알려주었다. 만약 아들이 친구 한 명에게 반찬을 먹어도 된다고 허락하는 순간 그 다음 일은 안 봐도 훤했다. 다른 친구들도 다가와서 '하나만!'이라고 하고 먹어버릴 것이다. 그렇게 되면 결국 내가 싸준 반찬은 다른 친구들 때문에 남는 것이 없을 것이고, 아들은 결국 밥과 김치만 먹게 될 수도 있다. 친구들이야 아무 반찬이나 먹을 수 있지만, 아들은 그렇지 않다. 그렇다고 반찬을 친구들과 함께 먹으라고 매번 넉넉히 싸줄 수도 없는 노릇이다.

전에도 여러 번 그런 적이 있어서 이번에는 담임 선생님에게 부탁을 드렸다. 나는 아들을 놀린 아이에게도 사정을 천천히 설명해 주었다. 그리고 다시는 그러지 말아 달라고 거듭 당부했다. 그 아이는 내 얘기를 듣고 나서 아들에게 진심으로 사과했다. 선생님도 아들의 상황을 알고 아이들에게 잘 말씀해주셔서 그런 일은 점점 줄어들었다.

하지만 친구들의 말 한마디에 상처받는 아들이 안쓰럽다. 점점 커갈수록 크고 작은 일들이 생긴다. 특별하다는 이유로 아들은 놀림을 받는다. 그리고 그 상처는 온전히 나와 아들의 몫이다. 그 점이 너무 서글프다. 제발 아들의 이 상황을 다른 사람들도 이해하고 배려해 주면 좋겠다는 마음이 점점 커진다.

지금까지 여러 번 TV를 통해 나와 아들의 사례를 소개했다. 처음에는 방송이 나가고 나면 알레르기 쇼크에 대한 인식이 바뀌고, 우리도 좀 더 편견에서 벗어나게 될 것으로 믿었다. 물론 많은 분이 공감해 주시고 힘을 주시기도 했다. 그렇지만 아직은 갈 길이 먼 것 같다는 생각이 들 때가 많았다. TV에 출연한 뒤에 오히려 더 손가락질을 받지 않을까 걱정이 되었다. 그래서 같이 활동하는 분들도 때로는 방송 출연을 꺼리기도 했다. 하지만 나는 알레르기 쇼크에 대해 좀 더 알리고 이해와 배려를 바라는 마음에 늘 출연에 응했다. 그런데도 불구하고 아들이 가지고 있는 특별함 때문에 색안경을 끼고 보는 사람들은 여전히 많았다. 또한, 자극적인 장면만 편집하여 악의적으로 이용하는 예도 더러 있었다.

그래도 나는 세상을 향한 외침을 멈추지 않을 것이다. 내 이야기에 공감하고 따뜻하게 이해해 주는 사람들이 그렇지 않은 사람들보다는 훨씬 많기 때문이다. 한 걸음씩 나아가다 보면 내 아이 같은 특별한 아이들도 거리낌 없이 생활할 수 있는 날이 오지 않을까? 나는 그런 세상이 오기를 간절하게 꿈꾸고 있다.

대한민국
어린이집의 현실

"사랑하는 현중이~ 생일 축하합니다" "현중아! 생일 축하해"

어린이집 친구들의 축하 속에 아들은 빙그레 웃는다. 노래가 끝나자마자 아들은 커다란 케이크 앞에서 촛불을 끈다. 사진을 찍고 케이크를 자르는 건 이제 선생님의 몫이다. 한 줄로 놓인 요구르트와 과자를 보는 아이들의 눈이 반짝반짝 빛난다. 하지만 친구들이 행복한 이 순간에 우리 아들은 시무룩하다. 우유 알레르기가 있기 때문이다. 그래서 본인의 생일인데도 정작 자신은 케이크 한 조각조차 제대로 먹을 수가 없다. 모든 것이 아들에게는 그림의 떡인 것이다. 과자나 요구르트 그리고 초콜릿도 마찬가지다. 뭐 하나 제대

　　　　　　　　　꿈꾸는 엄마는 세상보다 단단하다

로 먹을 수 없는 주인공은 쓸쓸히 자기 자리로 돌아간다. 결국, 아들은 내가 만든 케이크와 준비해둔 간식으로 아픈 마음을 달랜다.

나는 아들을 위해 정성껏 생일 음식을 준비해서 보낸다. 하지만 어린이집에서 아이들 생일에 케이크나 과자, 과일 등 음식들을 준비해줄 때도 있다. 이런 상황이 고맙지만, 한편으로는 너무 속상하다. 그러나 엄마인 내가 좀 더 챙기고 신경 써야 한다고, 한 번 더 생각하게 된다.

비단 생일뿐만이 아니다. 모든 아이들이 행복해야 할 밥 먹는 시간도 알레르기를 가진 아이들은 힘들다. 시설에서 주는 음식에 뭐가 들어갔는지 자세히 알 수 없기 때문이다. 표기해주긴 하지만 뭔가 허술하다. 알레르기가 있으니 좀 더 자세히 알려 달라고 부탁해도 그냥 대충 지나가는 경우가 많다. 귀찮아하는 경우가 대부분이다.

예를 들어 갈비구이라면 시판 양념을 쓰는 경우가 많다. 그런데 대부분 양념에 포함된 항원을 표기하지 않는다. 그 양념에 우유와 같이 알레르기가 있는 아이가 먹지 못할 식자재가 들어있을지도 모르는데 말이다. 카레 삼치구이면 카레 가루에 포함된 밀, 우유 등을 다 표기해야 하지만 하지 않는 경우가 허다하다. 이런 성분을 제대로 알 수 없는 음식들은 알레르기 민감도가 높은 아이에게는 시한 폭탄과 같다. 갑자기 메뉴가 변경된 경우는 더욱 난감하다. 급식 전에 연락을 달라고 부탁해도 실질적으로 연락을 해주는 경우는 드물다. 그런 경우 아이는 김치 하나로 밥을 먹고 오기도 한다. 맛있는 반찬을 먹는 친구들을 바라보면서 말이다. 정말 안타까운 현실이다. 게다가 알레르기가 있는 아이가 많지 않은 어린이집이나 학교에서는 더 소외당하기 십상이다. 소수의 문제는 알아서 해결하라는 인식이 강하기 때문이다.

물론 모든 시설이 다 그렇다는 것은 아니다. 알레르기의 위험성에 대해 인식하고, 재료표기를 하는 곳도 간혹 있다. 그런 곳은 대체식과 제거 식도 준비된 경우가 많다. 하지만 어린이집과 학교에서 제거 식이나 대체 식을 제공한다고 해도 불안한 것이 사실이다. 우유, 계란, 밀, 견과, 대두 등 알레르기를 일으키는 식품은 표기되지 않는 소스나 기타 양념에도 많이 들어가기 때문이다. 그러나 그런 상황이 대부분 고려되지 않는다. 그렇다 보니 알레르기를 가지고 있는 아이를 키우게 되면 도시락은 필수다. 하지만 직접 도시락을 챙기는 부모에게 유난 떤다며 차가운 시선을 보내는 곳이 대부분이다. 그 시선은 늘 아이와 부모가 함께 감내해야만 한다.

반대로 시설의 견해를 들어보면 이렇다. 큰 규모가 아닌 이상 어린이집과 유치원에서 영양사와 조리사를 채용하기가 힘들다고 한

꿈꾸는 엄마는 세상보다 단단하다

다. 바로 인건비 문제 때문이다. 그래서 식단표는 지역 어린이 급식 관리센터에서 받는다. 대신 보육 도우미가 조리사를 대신해서 조리 및 보육을 돕게 된다. 그 결과 센터 영양사가 표기한 알레르기 표기와 현장 조리한 알레르기 포함 식품의 차이가 생기게 된다. 그게 큰 문제다. 이런 환경에서 보육 도우미가 알레르기 제거 식, 대체 식을 제공하려면 원장이 먼저 배워야 한다. 그런 다음에 보육 도우미를 가르치는 방식으로 알레르기 교육이 이뤄져야 하는데 이것 역시 실천하려는 곳은 많지 않다.

지금까지 어린이집과 유치원의 실태에 대해서만 언급했지만, 학교도 상황은 별반 다르지 않다. 충분한 협조가 이루어지지 않으면 아이가 초등학생이 되어도, 중학생, 고등학생이 되어도 알레르기 쇼크의 위험에서 벗어날 수 없다.

2016년 7월 4일, YTN에서 〈학교가 요구한 '목숨 각서', 엄마는 억장이 무너졌다〉라는 제목으로 한 뉴스가 방송되었다.

그해 초등학교에 아들을 입학시킨 학부모 김 씨는 학교로부터 억장이 무너지는 요구를 받았다. 김 씨의 아들은 견과류를 먹으면 쇼크를 일으킬 수 있는 알레르기를 앓고 있는데, 만약에 아이가 학교에서 사망해도 학교 측에 전혀 책임이 없다는 내용의 확인서를 써

달라는 것이었다. 학교 측도 관련 사실을 인정하며 사과했지만, 취재진에게는 해석의 차이가 있었다며 학생의 안전을 위한 의도였다고 해명했다.

과연 해석의 차이였을까? 이 사건의 학부모는 내가 스태프로 활동하는 알레르기 카페의 회원이었다. 뉴스 보도 이후, 김 씨가 카페에 올린 글을 통해서 나는 사건의 내용을 더 자세히 알 수 있었다.

김 씨는 학교에 안내서와 진단서, 응급처치 약물을 모두 갖추고 학교에 아들의 입학을 부탁했다. 하지만 돌아오는 것은 따가운 시선과 말이었다.

'임신했을 때 뭘 잘못했기에 이런 아이를 낳았느냐', '이런 아이를 가진 부모는 죄인이란 마인드로 학교가 시키는 대로 따라라', '정규 수업 4시간만 마치면 학교에서 데리고 나가라', '모든 체험활동 및 대외활동에서 제외해라' 등 많은 말들이 상처로 다가왔다. 이런 말들을 서슴없이 하고도 학교 측은 아이가 사망했을 경우 학교는 책임이 없다는 것을 서면으로 남겨주길 바랐다. 김 씨가 면담을 하는 동안 느낀 것은 교장선생님 본인의 경력이나 대외적인 시선이 내 아이의 안전보다 우선이라는 것이었다.

이 뉴스가 그 당시 알레르기를 가진 아이를 키우는 우리의 현실을 대변해주고 있다. 나도 아들을 학교에 입학시킬 당시에 내가 만든 매뉴얼과 의사 소견서를 챙겨가서 면담했다. 여러 시설을 가봤지만 늘 가시방석에 앉아있는 느낌이었다. 대부분이 알레르기에 대해 알고는 있지만 그런 아이는 관리하기 귀찮기 때문에 오지 않았으면 하는 분위기를 느낄 수 있었다. 뉴스처럼 직접적으로 말하지는 않았지만, 관계자의 표정과 말투에서 알 수 있다. 부모가 좀 알아서 해줬으면 하는 그들의 바람이 강하게 전해졌다.

아이의 알레르기 관리에 대한 책임을 시설 측에 모두 전가할 생각은 없다. 다만 내 아이가 학교에서 안전하게 생활할 수 있도록 학교 측에 배려와 협조를 구하고 함께 노력하자는 것이다. 하지만 시작부터 문전 박대를 받는 경우가 많다. 알레르기를 가진 소수의 아이들을 관리하는데 어려움을 이야기하는 곳이 대부분이다. 그리고 학부모들이 그 아이 때문에 다른 아이들이 피해를 본다면서 입학시킬 수 없다는 통보를 받기도 한다. 아이가 알레르기로 고통받고 힘들어하는 일도 마음이 아픈데 시설에서 이렇게 대우를 받을 때면 부모는 정말 억장이 무너진다.

요즘은 기관에서 아이를 키운다는 말이 나올 정도로 아이들은 어린이집과 유치원을 많이 다닌다. 한 해를 안전하게 보내려면 알레르기를 잘 이해하고 협조가 잘되는 분을 만나야 하는 게 중요하다. 그것이 알레르기가 있는 아이를 키우는 부모의 간절한 소망이다.

나는 이런 세상을 희망해본다. 우선 알레르기에 대한 올바른 인식이 자리 잡을 수 있는 폭넓은 교육이 이루어졌으면 좋겠다. 이런 교육은 음식에 들어가는 재료의 투명성과도 이어지게 될 것이다. 그러면 우리 아들도 알레르기로 고통받는 다른 아이들도 행복해지지 않을까?

내일이면
모든 것이 좋아질까?

"알레르기 있는 애를 키우는 엄마는 까탈스러워"

이런 말을 들을 때마다 나는 가슴이 아프다. 나도 우리 아이에게 아무거나 먹이고 싶다. 무엇이든 거리낌 없이 먹이는 것이 소원이다. 하지만 내가 유별나게 먹이는 데는 다 그럴만한 사정이 있다. 약국에서 쥐여주는 요구르트 한 개나 할머니들이 주시는 캐러멜, 그리고 주변 사람들이 무심코 건넨 과자나 빵이 우리 아이의 생명을 위협할 수 있다. 그런데도 사람들은 '가려먹어서 어쩌냐?'라고 말한다. 그리고 '우유를 먹어야 키가 클 텐데'라며 걱정을 해주기도 한다. 사실 어린이집이나 유치원에 보낼 때도 마음이 놓이지 않는다. 우유가 들어간 것은 절대 먹이지 말아 달라고 부탁해도 "조금 먹는 건 괜찮아요"라고 말하며 아이에게 음식을 주는 일도 허다하다.

우유 아나필락시스 증상이 있는 아들을 10년 넘게 키우면서 혼자 세상과 동떨어져 있다는 느낌을 많이 받았다. 나와 아들은 다른 사람들의 입방아에 종종 오르내리곤 했다. 많은 사람이 비아냥거리기도 하고 위로인지 아닌지 헷갈리는 말을 하곤 했다. 물론 "그런 것까지 다 챙기려면 힘들겠다"라면서 진심으로 위로를 해 주는 사람들도 있었다. 하지만 대부분의 반응은 나와 아이에게 상처를 주었다. '왜 그렇게 아이를 키우느냐?'는 질타가 날아오기도 했다. 혹은 '요즘 엄마들이 아이를 그렇게 키우니 알레르기가 생긴다'라는 말을 듣기도 했다.

아이의 증상이 언제쯤 좋아질까? 알 수가 없다. 그래서 가끔 어떻게 해야 할지 몰라 답답하다. 절망적인 심정이 되기도 한다. 누군가가 나에게 해주는 '다 괜찮아질 거야. 시간 지나면 낫겠지. 그러니까 힘내'라는 말이 그렇게 힘이 되지 않는 것이 사실이다. 차라리 그냥 '도시락 싸느라 힘들겠다. 고생 많아', '나중에 밥이나 먹자'와 같은 현실적인 말이 훨씬 더 위로가 된다.

아직 아이의 알레르기 체질을 잘 몰랐던 7개월 때 일이었다. 친한 언니네 집에서 아이의 이유식에 치즈를 넣어 먹이는 언니를 보고 나도 따라 해 보았다. 칼슘이 듬뿍 들어간 영양 이유식을 아이한테 먹이겠다고 말이다. 하지만 결과는 참담했다. 갑자기 아이는 입술이 붓고 기침을 하기 시작했다. 너무 놀라 소아 청소년과 진료를 보았더니 '우유 치즈 알레르기'라고 했다. 당분간은 돌 지나고 먹이고 조심하라고 했다. 그 이후 아들은 매년 6개월에서 1년 정도 정기적인 알레르기 검사를 받았다. 3살 때까지는 '소아청소년과'를 다니고 그 종합병원으로 옮기게 되었다.

'종합병원에 가면 뭔가 달라지겠지'라는 기대를 하고 처음 종합병원에 갔다. 정말 신기하게도 소아 청소년과 의사 선생님은 우리 아들을 심각한 중증으로 진단했는데, 종합병원 의사 선생은 그렇게 심한 편은 아니라고 하셨다. '성장의 시간이 아이를 좋아지게 만든 걸까?' 나는 막연한 기대를 했다. 알레르기 수치 검사를 하고 의사 선생과 상담을 했다. 이 정도 수치면 우유를 조금 먹여보면서 치료를 할 수 있을 거라고 하셨다.

나는 너무 기뻤다. 그리고 그날 정말 기적적으로 우리 아들은 우유 한 팩을 마셨다. 물론 처음엔 한두 방울 마시고 괜찮아서 반 모금 더 마시고 조금씩 더 마시다 보니 한 팩을 마신 것이다. 난생처음 우유가 아들의 몸으로 들어갔다. 우유 한 팩을 마시고 병원에서 아들의 모습을 자세히 관찰했다. 이상 증상이 생기면 바로 의사에게 진료를 받아야 하니까 말이다. 하지만 그날은 신기하게도 아무 일도 없었다. 의사 선생도 너무 걱정하지 말라며, 우유 들어간 음식을 조금씩 먹여보라고 하셨다. 난 꿈을 꾸는 것 같았다. 너무 행복했다. 이제 진짜 괜찮아진 거구나! 쾌재를 부르며 아들과 함께 집으로 갔다. 그날은 모든 것이 꿈같았다.

그러나 그 꿈은 오래가지 못했다. 어린이집에서 초콜릿 케이크가 나왔다며 담임선생으로부터 전화가 왔다. 먹어도 되는지 물어보는 거였다. 종합병원에서 이제 조금씩 먹어도 된다고 했다고 말씀드렸다. 그리고 어린이집에서 케이크를 조금 먹고 아이는 여느 때와 같이 하원을 했다. 그리고 나랑 놀이터에 가서 놀았다.

"엄마 살려줘!"

갑자기 아이가 배를 잡고 구르며 울부짖기 시작했다. 나는 영문도 모른 채 또 병원으로 뛰었다.

"지연성 쇼크 반응이네요. 다시는 우유 들어간 음식을 먹이지 마세요"

우유를 먹이라던 의사 선생님은 다시 먹이지 말라고 하셨다. 이유를 물어도 말해주지 않으셨다. 결국, 믿었던 종합병원에서도 딱히 해결책을 찾지 못했다. 나는 마음이 더욱더 무거워졌다.

꿈꾸는 엄마는 세상보다 단단하다

수소문 끝에 찾은 '○○ 알레르기 전문 클리닉'은 지방에서도 환자들이 오고 꽤 유명한 알레르기 전문병원이었다. 그곳에서 나는 '완전 차단'이라는 새로운 치료 방법을 알게 되었다. 완전 차단 방법이란 우유를 먹이지 않는 것은 물론이고, 우유가 있는 환경에 아예 가지 않는 것이다. 이 방법은 어린이집 사고로 인해 집에 있는 내가 할 수 있는 가장 좋은 방법이었다.

　1년 동안 우유에 관련된 것은 집에서 아예 없애고 밖에서도 우유가 있을 법한 장소는 가지 않았다. 아이 둘과 함께 커리큘럼을 짜서 놀아주고 책을 읽어주며 지냈다. 그리고 6개월 후 알레르기 수치는 절반으로 떨어졌다. '나는 기다리면 시간이 해결해 주고 점점 건강해지는구나'라고 생각하고 더욱 완전 차단이라는 새로운 방법에 빠져들었다. 하지만 6개월 뒤 알레르기 수치는 3배 이상 치솟았다. 나는 절망했다. 1년이 넘는 시간을 투자했지만 소용없었다. 게다가 우유가 없는 환경을 찾아 사람들을 피하자 나와 아들은 정서적으로 문제가 생기기 시작했다. 나는 대인공포증이 생겼다. 그리고 끝없는 우울감에 빠졌다. 아들은 친구들과 말을 하고 놀지 못했다. 빙빙 그 자리를 맴돌고 눈물만 지을 뿐이었다. 정말 최악의 상황이었다.

　지금도 아들은 우유를 먹지 못한다. 어릴 때부터 아들의 알레르기 수치는 올라갔다 내려갔다 하는 롤러코스터 같다. 11살이 된 지금도 역시나 마찬가지다. 나는 그동안 별별 방법을 다 써봤다. 하지만 아이의 증세는 나아질 기미가 보이지 않았다. 다들 괜찮아질 거란 위로를 한다. 하지만 정말 괜찮아질 수 있는 걸까? 내가 너무 좋아하는 만화 〈보노보노〉에 이런 이야기가 나온다.

"보노보노! 살아 있는 한 곤란하게 돼 있어. 살아 있는 한 무조건 곤란해. 곤란하지 않게 사는 방법 따윈 결코 없어"

야옹이 형님이 보노보노에게 하는 이야기다. 쉽게 건네는 막연한 위로보다는 야옹이 형님처럼 상대방의 마음을 충분히 공감해 주는 위로가 진짜 위로다.

보노보노는 곤란한 상황이 언제 발생할지 몰라서 늘 조개를 가지고 다닌다. 늘 걱정을 사서 한다. 내일이면 모든 것이 좋아질까? 하고 전전긍긍하는 내 모습과 같다. 아들의 우유 아나필락시스 쇼크 증상은 곤란한 상황임이 틀림없다. 나는 늘 약을 챙기고 그 상황에 대비하고 있다. 이제 나는 막연하게 괜찮아질 거라는 기대를 살짝 접어둔다. 그보다는 담담하게 현실을 받아들이고 이겨내는 힘을 더 길러야겠다고 다짐한다.

꿈꾸는 엄마는 세상보다 단단하다

나는 이제 행복을
선택하려고 한다

"건강한 왕자님이네요. 축하드려요"

2010년 9월 16일, 나에게 세상 누구와도 바꿀 수 없는 첫 아이가 태어났다. 처음 출산치 고는 모든 것이 순조롭게 진행되었다. 6시간 만에 모든 것은 끝이 났고 나는 아들을 품에 안고 행복감에 젖어 있었다.

"정말 작아, 귀여워"

"어쩜 이렇게 팔다리가 가늘고 길까?"

"사슴같이 초롱초롱한 눈 좀 봐"

아이와 신생아실에서 만날 때마다 눈 맞춤을 했다. 아이의 움직임 하나하나에 얼마나 기쁘고, 감사했는지 모른다. '이제 나도 진짜 상상만 했었던 엄마가 되었구나'라는 생각이 들었다.

그런데 첫 아이를 낳은 기쁨으로 가득했던 내 생활이 점점 변하기 시작했다. 하루에 두어 시간 간격으로 기저귀를 갈아주며 쉴 새 없이 움직였다. 화장실도 아이가 잠을 잘 때 조심해서 가야 했다. 잠깐이라도 한눈파는 사이에 아이가 다칠지도 모른다는 생각에 매 순간 신경을 곤두세워야 했다. 모든 것이 조심스러웠다. 아이의 시간표에 맞춰 생활하다 보니 밤과 낮이 바뀌어 있었고, 잠 한숨 못 자는 날도 많았다. 남편은 일 때문에 항상 바빴고, 나는 혼자만 하는 육아와 살림에 점점 지쳐갔다. 그리고 출산 후 달라진 내 모습은 나를 더 힘들게 했다. 머리카락은 숭숭 빠졌고, 군살이 여기저기 눈에 보였다. 잠도 제대로 못 자서 얼굴에는 판다처럼 눈 그늘(Dark Circle)이 자리 잡고 있었다. 꽤 긍정적인 편이라고 자부했던 나로서도 우울해지지 않을 수 없었다.

처음에는 누구나 겪는 임신 출산 육아와 함께 찾아온 가벼운 우울감이었다. 하지만 그 깊이는 생각보다 깊었다. '시간이 지나면 사라질 거야'라고 생각했다. 그리고 일상 속에 나를 묻고 애써 자신을 돌아보려고 하지 않았다. 하지만 좋아지기는커녕 내 마음은 끝없이 밑으로 내려갔다. 끝이 보이지 않을 정도로 깊이 더 깊이 말이다.

이런 나의 우울증은 아들이 우유 알레르기를 판정받고 나서 본격적으로 고개를 들었다. '하필이면 누구나 다 먹는 우유 알레르기라니' 마른하늘에 날벼락 같은 일이었다. 어찌해야 할지를 몰랐다. 너무 막막했다. 의사 선생님은 "시간이 지나면 80% 정도는 호전된다"라고 말씀하셨다. 하지만 이 실낱같은 희망이 도리어 아들과 나를 더 괴롭혔다.

그렇게 아들의 알레르기와 함께 내 우울증도 날이 갈수록 점점 심해졌다. 매일 밤 불면증에 시달렸고, 식욕이 없어 끼니를 거르는 일이 허다했다. 때때로 찾아오는 불안함과 초조함은 나를 더 예민하게 만들었다. 어느덧 내 삶은 즐거움을 찾을 여유조차 없는 무기력함 그 자체가 되어있었다.

아들이 어린이집에 다니기 시작하면 삶이 조금은 변하지 않겠냐는 생각도 들었지만, 세상은 내가 원하는 방향으로 돌아가지 않았다. 등원 첫날부터 알레르기 쇼크로 병원 신세를 지더니 몇 번이고 같은 일이 일어났다. 결국, 어린이집에 보내지 않기로 하고 집에서 돌보기로 했다. 그렇게 1년이 넘는 시간이 흘렀다. 그동안 아들의 건강은 지킬 수 있었지만 내가 점점 지쳐가고 있었다. 집안일은 해도 해도 끝이 없었지만, 아이들은 자꾸 놀아달라고 성화였다. 아이들과 놀아준 뒤에는 집안은 다시 난장판이 되었고, 이런 상황은 나에게 끝이 없는 전쟁과도 같았다. 나만의 시간은 꿈도 꿀 수 없었다. 24시간이 꽉 찬 혼자만 하는 육아였다. 그런데도 나는 아들을 어린이집에 다시 보내기가 두려웠다. 또다시 아들이 사고가 날까 봐 걱정되었다. 그래서 아무리 힘들어도 아이를 데리고 있어야겠다고 생각했다. 하지만 정작 아들은 어린이집에서 친구와 놀고 싶은 마음이 가득했다. 고민 끝에 어쩔 수 없이 집 앞에 있는 단지 내 어린이집에 보내게 되었다. 그곳은 창문을 열면 보일 정도로 가까웠다. 게다가 규모가 작아서 아이들 인원수가 많지 않았다. 원장님과 몇 번의 상담을 거치고 나서야 어린이집을 보낼 수 있었다. 그래도 난 늘 좌불안석이었다.

"엄마 어린이집에서 소풍을 간대. 엄마 나도 소풍 갈래, 응? 보내줘, 제발"

어느 날 아들이 들뜬 목소리로 나에게 말했다. '괜찮을까?' '만약에 무슨 일이 생기면 어떻게 하지?' 하고 고민하고 또 고민했다. 하지만 아들은 이런 나의 마음을 아는지 모르는지 소풍을 보내 달라고 계속 졸라댔다. 결국 아들의 소원대로 소풍을 보내기로 하고, 아이에게 주의사항에 대해 몇 번이고 당부했다.

드디어 아들이 그렇게 기다리던 소풍날이 왔다. 내 얼굴엔 걱정이, 아이들 얼굴엔 들뜬 기분이 느껴질 정도였다.

꿈꾸는 엄마는 세상보다 단단하다

"엄마가 챙겨준 도시락만 먹고, 약은 가방에 넣어뒀어. 혹시 아프거나 하면 전화하고, 선생님 말씀 잘 듣고"

아들은 내 말을 듣는 둥 마는 둥 했다.

"엄마! 잘 다녀올게"

아들이 힘차게 손을 흔들었다. 그러고는 차에 올라탔다. 나는 말없이 웃으며 손을 흔들었다. 그렇게 아이는 꿈에 그리던 첫 소풍을 떠났다. 나는 걱정스러운 마음을 안고 터벅터벅 혼자 집으로 돌아왔다.

"별일 없겠지?"

나는 혼잣말을 중얼거렸다. '후~~~'하고 긴 한숨이 입에서 새어나왔다.

"엄마, 살려줘"

갑자기 예전에 때굴때굴 구르던 아들의 모습이 떠올랐다. 기침을 연신 해대는 아들의 빨개진 얼굴도 떠올랐다. 애꿎은 전화기만 바라보다가 갑자기 팔다리가 떨렸다. 나는 의자 위에서 다리를 끌어안고 흐느끼기 시작했다. 무서운 상상에 사로잡혀 몸을 전혀 움직일 수가 없었다. 숨도 쉴 수가 없었다. 주체할 수 없이 눈물이 쏟아졌다.

다행히 아들은 소풍에서 무사히 돌아와 나에게 안겼다. 얼굴에 미소가 가득했다. 그 순간 나의 두려움도 눈 녹듯 사그라졌다. 아들은 힘든 사고의 기억을 딛고 일어나 밝게 웃었다. 그리고 나를 안아 주고 있었다. 그런데 나는 여전히 우울증에서 헤어 나오지 못하고 있었다. 하지만 아들의 해맑은 미소를 보며 난 이제 내가 만들어 낸 말도 안 되는 비극 속 여주인공 역할을 그만두기로 했다. '왜 하필이면 나야! 내가 왜 이렇게 힘들어야 하는데?'가 아니라 '시작이 힘들었던 만큼 앞으론 좋은 일만 가득할 거야!'라고 생각을 바꿔보기로 했다.

　"역경에 대처하는 방법은 두 가지다. 역경을 변화시키거나, 역경에 맞설 수 있도록 나를 바꾸는 것이다"

　영국의 소설가 필리스 바텀스의 말이다. 나는 그동안 나에게 닥친 어려움에 쉽게 무너져 내렸다. 그리고 과거의 좋지 않은 기억에서 벗어나지 못했다. 나를 바꿀 용기가 없었다. 하지만 몇 번씩 위험한 고비를 넘기고도 활짝 웃으며 지내는 아들의 모습을 보면서 깨달았다. 내가 그동안 우울함을 선택해왔다는 것을 말이다. 나에게 주어진 현실을 받아들이기 무서웠다. 행복함을 선택할 용기가 없었다. 하지만 이제부터는 나 자신을 바꿔보려고 한다. 나를 위해서, 그리고 내 가족을 위해서 나는 행복을 선택하려고 한다.

제 **2** 장

우리는
행복해지기로 했다

그래도 엄마와
함께라서 행복해

1년에 한 번 있는 학예회 날. 아들은 아침부터 나에게 이렇게 말했다.

"엄마 오늘 잊지 않았지? 이따가 꼭 학교로 와줘"

엄마가 잊어버리기라도 할까 봐 여러 번 반복해서 말하는 아들의 모습이 귀엽다. 아들이 태권도를 다닌 지 벌써 2년이 훌쩍 넘었다. 태권도 검은 띠는 아들의 자랑이었다. 아무나 딸 수 있는 것이 아니라며 의기양양 해하는 아들의 모습에 웃음이 났다. 아들은 태권도 학원에서 태권도 품새 시범은 물론 격파하기와 댄스도 연습했다. 바로 학예회를 위해서였다. 그래서 멋진 모습을 엄마에게 꼭 보여주고 싶었던 모양이다.

나는 꽃다발을 준비해서 늦지 않게 학교로 향했다. '미래를 여는 아이들'이라는 주제로 교실 안에서 학예회가 진행되었다. 아들은 거의 마지막 순서였다. 아들을 포함한 4명의 남자아이가 함께 나와서 송판 앞에 섰다.

"하나둘 셋~ 격파!"

우렁찬 기합 소리와 함께 아들은 온몸을 날렸다. 한 치의 망설임도 없었다. 경쾌한 소리와 함께 송판이 하나둘 쪼개지기 시작했다. 4명 모두 멋지게 송판 격파에 성공했다. 이어서 태권도 품새 시범과 댄스 공연이 이어졌다. 교실 안에는 아이들의 환호성이 가득했고, 박수갈채가 쏟아졌다. '언제 우리 아들이 이만큼 자란 걸까?' 아들의 씩씩한 모습에 괜스레 눈물이 핑 돌았다. 그 모습에 두려움은 찾아볼 수가 없었다.

하지만 불과 3년 전만 하더라도 이런 모습이 아니었다. 아들의 모습은 항상 두려움에 떨고 있는 것처럼 보였다. 4살 때 어린이집에서 겪은 알레르기 쇼크 때문이었다. 그 뒤로 아들은 내가 만든 음식도 잘 먹지 않았고, 친구들과 놀고 싶었지만, 집 밖을 나가는 것도 꺼렸다. 알레르기 쇼크에 대한 두려움 때문이었다. 놀이터에 데리고 나가서 친구들과 놀라고 등을 떠밀수록 아들은 더 혼자가 되었다. 아들에게는 시간이 필요해 보였다. 나는 천천히 아들이 트라우마를 극복할 수 있도록 도와주기로 했다. 아들과 함께 요리를 만들기도 하고, 놀이터도 되도록 사람이 적은 시간에 데리고 나갔다. 그렇게 조금씩 두려움을 헤쳐나갔다.

아들이 6살이 되었을 무렵 우리는 새로운 도전을 시작했다. 여러 번의 심사숙고 끝에 집 근처 소규모 어린이집에 가기로 했다. 그곳에서 생활하면서 아들은 닫혔던 마음의 문을 조금씩 열게 되었다. 5~6명 정도의 친구들과 마음을 터놓고 즐겁게 지냈다. 그것은 어찌 보면 기적이었다. 아들의 마음속 두려움이라는 존재가 서서히 무너지기 시작했다. 그리고 예전의 활발했던 아들의 모습으로 돌아왔다. 1년 정도 되어갈 즈음 아들이 나에게 이렇게 말했다.

"엄마 나도 친구들이 많은 어린이집에 가고 싶어"

쇼크 때문에 두려워하는 마음이 모두 지워진 걸까. 과연 아들에게 맞는 곳이 있을까? 나는 이런저런 생각에 잠겼다. 여기저기 수소문해 본 끝에 시립 어린이집이 새로 지어진다는 소식을 들었다. 집에서 가까운 위치였고, 아이들 인원이 100명이 넘어 간호사가 항시 상주한다고 했다. 다행히 신설이라 7세 반은 여유가 있어서 아들의 입학이 가능했다.

그리고 결전의 그 날이 다가왔다. 전장에 나가는 장수의 마음이 이런 걸까? 나는 원장님과 간호사 선생과 함께 '알레르기 쇼크 응급 행동지침(매뉴얼)'에 대해 이야기를 나누기 시작했다. 너무 진지하게 말하면 우리 아들을 부담스러워할 게 뻔했다. 그렇다고 가벼이 말할 수도 없었다. 그래서 나는 적절한 전략을 짜야 했다. 진지하게 이야기를 이어가다가 간간이 웃음을 내보이며 미소를 지었다. 여기에는 확실한 방법이 없었다. 받아들여 주느냐 다시 내쳐지느냐? 는 그들의 선택에 달려있었다. 다행히 원장님의 아이도 갑각 알레르기가 있다고 하셔서 이야기는 정말 잘 풀렸다. 깐깐한 모습 뒤로 보이는 미소는 정말 부드러웠다.

"그동안 고생이 많으셨네요. 이젠 걱정하지 마세요"라는 말에 내 마음은 사르르 녹아내렸다. 간호사 선생님도 알레르기 쇼크 상황에 대해 잘 인지하고 있었다. 또한, 필요시에 응급 주사도 흔쾌히 놔주신다고 하셨다. 그래서 내 마음이 더욱더 든든했다. 이제 정말 우리 아들이 안심하고 다닐 수 있는 최적의 시설을 찾았다. 나는 제발 이 평화가 영원하기를 빌었다. 꿈이라면 깨지 말기를 간절히 바랐다.

그러나 반갑지 않은 손님은 불쑥 나를 찾아왔다. 일하는 도중에 전화벨이 울렸다. 숨넘어가는 다급한 목소리가 수화기 너머로 들렸다. 빨리 와달라는 음성에 내 온몸이 딱딱하게 굳어지는 것 같았다. 그 순간 몸이 덜덜덜 떨렸다. 회사에 상황 이야기를 하고 재빨리 어린이집으로 향했다. 갑자기 숨이 쉬어지지 않았다. 가슴이 갑갑해졌다. 온몸이 긴장 상태가 되어 내 몸을 주체하지 못할 정도였다. 나는 심호흡을 여러 번 하면서 애써 마음을 진정 시켜 보았다. 그리고 발걸음을 옮겼다.

보건실에 가보니 누워있는 아들이 보였다. 그 뒤로 조리사 두 명이 무릎을 꿇고 앉아있었다. 그 옆에 간호사 선생님이 서 있었고, 안절부절못하는 원장님의 모습도 눈에 들어왔다. 모두 심각한 표정을 짓고 있었다. 아들을 중심으로 어둠이 휩싸인 느낌마저 들었다. 눈물이 쏟아질 것만 같은데 억지로 꾹꾹 눌러 담았다. 나는 침착하게 상황을 물어보고 그 이야기에 귀를 기울였다. 죄송하다는 말과 함께 조리사가 말하기 시작했다.

"계란찜을 부드럽게 하려고 우유를 넣었어요. 그런데 선생님들께 말씀드리는 걸 깜빡했어요. 죄송합니다"

우유를 넣은 사실을 조리사 외에 아무도 모른 채 식사는 진행되었다. 간호사가 계란찜을 먹다가 뒤늦게 우유가 들어간 것을 알고, 우리 아들을 황급히 데리고 내려오신 거였다. 다행히도 그날은 반찬을 많이 챙겨가서 계란찜은 거의 먹지 않은 상태였다. 만약 그 계란찜을 먹었다면? 상상만 해도 끔찍했다. 내 심장이 덜컥 내려앉는 느낌이었다. 다행히 큰 사고가 나지 않았다는 사실에 안도해야 하는 걸까? 그 누구의 작은 실수 하나에도 우리 아들이 생명의 위협을 받는다고 생각하니 너무 무서웠다. 순간 긴장이 풀려 다리에 힘이 빠졌다. 참았던 눈물이 쏟아져 나올 것만 같았다. 이 상황이 다시는 일어나지 않도록 당부를 하려 했지만, 원장님이 막아섰다.

"어머니, 너무 힘드네요. 그냥 이제부터 도시락 다 싸주세요"

한겨울 서릿발 같은 그 한마디에 내 심장이 얼어버리는 느낌이었다. 큰 사고가 날 뻔했는데 정작 나에겐 말 한마디 하지 말라고 하는 것 같아 너무 화가 났다. 또 이런 현실이 너무 서글펐다. 나는 말 없이 아들과 함께 어린이집을 나섰다. 햇볕은 따스하게 비추고 있는데 내 마음은 왜 이렇게 추운 걸까. 하늘을 바라보고 있자니 참았던 눈물이 터져 나왔다. 아들 앞에서는 눈물을 보이고 싶지 않은데 한번 흐르는 눈물은 멈출 줄 몰랐다. 하늘을 계속 바라보며 쉼 없이 뜨거운 눈물을 연신 훔쳤다. 아들이 나에게 다가와서 말했다.

"엄마 나 때문에 힘들지? 미안해. 누구의 잘못도 아니야, 미워하지 마"

우리는 서로 붙잡고 엉엉 울 수밖에 없었다. 아들이 언제 이렇게 마음이 커버린 걸까. 아직 어린아이인데 철이 너무 빨리 들어버려서 미안했다. 바보 천치 같은 엄마가 된 거 같아 더욱 맘이 아팠다.

다시 어린이집에 보내는 것을 그만둘까 생각했지만, 아들은 간절히 다니길 원했다.

마음이 너무 아팠지만, 아들의 모습을 보고 다시 힘을 냈다. 이번 사고를 통해 나는 아들이 몸도 마음도 성장했음을 많이 느낄 수 있었다. 너무 무섭고 두려운 순간이었을 텐데 누구도 원망하지 않았다. 오히려 맘 아파할 엄마를 배려하는 아들이 정말 대견했다. 자신이 아파했던 시간만큼 다른 사람을 이해하고 배려하는 마음이 예전보다 한 뼘은 더 자랐다. 대견한 아들을 위해 나도 좀 더 씩씩해져야겠다고 다짐했다.

"누구도 자신의 어제를 바꿀 수는 없다. 하지만 우리 모두 자신의 내일은 바꿀 수 있다"

미국의 정치인이자 군인인 콜린 파월(Colin Powell)의 말이다. 우리는 사고가 났던 오늘은 바꿀 수 없다. 하지만 우리의 노력으로 행복한 내일은 만들 수 있다. 그 뒤로 나는 매일 새벽에 일어나 밥을 제외한 모든 도시락 반찬을 만든다. 정성과 사랑을 가득 담아서 말이다. "힘들어도 엄마가 함께라서 행복해"라고 말해주는 아들이 있어서 힘이 난다. 남들과 다른 힘겨운 현실에도 감사하는 이유는 단 하나. 사랑하는 아들이 있기 때문이다.

엄마가 네 편이
되어줄 게

아들은 어느새 어린이집을 졸업했다. 시간이 참 빠르게 흘러갔다. 룰루랄라 신이 난 아들과 걱정의 먹구름이 드리워진 내 모습은 서로 대조적이었다. 벌써 3개월째 나는 이런저런 걱정에 제대로 잠을 이루지 못했다. 종합병원 근처로 집도 알아보고 여기저기 좋은 초등학교를 수소문하고 다녔다. 하지만 알레르기 쇼크의 위험성에 대해 제대로 인식하고 있는 곳은 없었고, 아들의 상황을 설명해도 배려해 주는 곳은 없었다. 차라리 집 근처에 있는 학교가 인원이 적어서 아들에게 조금이라도, 더 신경 써주지 않겠냐는 생각이 들었다. 우선 학교에 전화를 걸어 영양사와 보건 교사를 만나기로 했다. 방학 하는 동안 벌써 영양사를 두 번이나 만났다. 함께 많은 이야기를 나눴다. 보건 교사와도 만나서 알레르기 응급 행동지침(매뉴얼)을 보여주었다. 만일의 사태에 대비해서 응급 상황 발생 시 주사에 대한 처치와 119 신고 등 실질적인 대화가 오갔다. 또한, 학급 대표를 자처하며 담임선생님과도 자주 만나 학교 이야기를 나누면서 아들을 살폈다.

아들의 안전한 학교생활을 위해 잠시 일을 그만두고, 학교 봉사에 뛰어들었다. 학급 대표는 물론이고, 급식 위원장을 비롯해 녹색부회장, 학교 운영위원회, 학부모회 등 학교에 있는 모든 봉사단체에 이름을 올렸다. 학교 일을 적극적으로 도우면 자주 학교에 가게 되고, 아들의 상황을 자세히 살필 수 있을 것이라는 생각이 들어서였다. 다들 이걸 다 할 수 있겠냐며 혀를 내둘렀지만 이렇게라도 해야 내 마음이 놓였다. 학교에 하도 드나들다 보니 아이들은 대부분 내가 선생님인 줄 알고 인사하는 아이들도 있었다. 처음에 나는 살짝 어리둥절했지만, 그것 또한 기쁘게 받아들였다. 환한 미소로 아이들에게 반갑게 인사해 주었다.

학교 봉사활동 중 가장 주축이 되는 것은 '학교 운영위원회'다. 운영위원회에 속한 학부모는 학교 관계자들이 학교의 모든 일과 정책을 함께 심의, 의결할 수 있다. 교장, 교감 선생님을 비롯해 여러 학교 관계자들과 눈을 마주 보고 이야기를 나눌 수 있는 자리가 마련된다. 나는 이 자리를 통해 아들의 알레르기에 대해 배려를 구했고, 그 과정에서 급식 소위원장을 맡게 되었다. 급식의 재료 검수와 위생을 점검하는 모니터링과 영양사 선생님과 일정을 조율하여 학부모들의 급식 시식 일정을 정하는 것이 나의 역할이다. 물론 그 외에도 아이들의 등원 길을 안전하게 돕는 녹색 어머니회와 학교에서 이루어지는 크고 작은 행사에 참여하는 학부모회 등에서 활동했다. 집안일에 여러 학교 봉사활동에 참여하다 보면 정말 하루가 짧았다.

워킹 맘에서 다시 전업주부가 되어버린 하루. 쉴 틈 없이 바빴다. 한 달 동안은 4교시를 한다며 유치원 다니는 동생보다도 빨리 오는 아들 때문에 더 정신없이 지냈다. '학교 다녀오겠습니다'라고 말한 아이가 집안일을 마치고 나서 이제 좀 쉬려고 하면 '다녀왔습니다'라며 돌아오는 하루하루가 반복됐다. 3월 한 달은 그렇게 후딱 지나갔다. 도대체 뭘 했는지 도통 기억이 나지 않을 정도였다. 엄마의 빛나는 학교 봉사 덕분인지. 아들은 별 탈 없이 학교생활을 했다. 학부모 상담 때 아들에 관해 물어보면 발표할 때도 제일 먼저 손들고, 교우관계도 원만하다고 하셨다. 그리고 누구보다 선생님을 걱정해 주는 착한 마음씨를 가졌다고 하셨다.

'선생님 얼굴이 창백해요. 아프신 건 아니죠?' '거울 안 봐도 선생님은 아주 예쁘세요'라는 말을 하는 사랑스러운 아이라고 말씀하시며 웃으셨다. 그런 말을 들으니 마음이 놓였다.

그러던 어느 날이었다. 학교를 행복하게 잘 다니던 아들이 언젠가부터 학교에 가는 것을 싫어했다. 친구가 자꾸 놀린다고 울먹였다. 이유를 물어도 아무 이유 없이 매일 놀린다고 했다. 하지 말라고 말해도 소용이 없고 너무 힘들다며 괴로워했다.

처음에는 바보, 멍청이, 똥개라고 가벼이 놀리던 말들이었다. '장난이잖아! 가볍게 쉬이 넘겨버려'라고 말했는데 그 강도가 점점 세졌다. 나중에는 "너를 갈아서 씹어 먹어버리겠어"라는 말까지 들었다고 했다. 아이의 성향에 따라 장난으로 넘길 수 있을지도 모르지만, 아들에게는 상처가 되었다. 그 말은 내가 들어도 너무 섬뜩하고 무서운 말이었다. 그게 벌써 한 달째 이어지고 있다고 하니 그동안 장난이라고, 넘기라고, 말한 것이 너무 미안했다.

심지어 건강하던 아들이 극심한 스트레스에 시달리더니 구토를 하기 시작했다. 깨끗했던 피부에 알 수 없는 두드러기가 생겼다. 그리고 밤마다 가려움증에 시달려야 했다. 잘 먹던 밥도 먹지 않고 끼니를 거르기 일쑤였다. 심지어는 배가 아프다며 구르기도 했다. 이 심각한 상황에 대해 병원에 가서 치료도 받고 담임선생께도 말씀드려 보았지만 아무 소용이 없었다. '아들이 저렇게 심각한 상태로 갈 때까지 나는 무엇을 했나' 하는 자책과 함께 아픈 아이의 모습을 보니 마음이 무너져 내리는 것 같았다.

고민 끝에 그 아이 부모님을 만나기로 했다. 아이가 그런 심한 말을 한다는 사실을 아마도 모르고 계실 듯했다. 먼저, 전화를 걸어 상대방 부모님께 상황을 알렸다. 그리고 만나서 이야기를 나눴다. 내 이야기를 들으신 어머니는 깜짝 놀라셨다. 아이들한테 장난을 친다는 건 알고 있었지만, 수위가 너무 높아서 놀라 신듯 했다. 게다가 뜻밖의 말도 듣게 되었다. 아이가 소심하고 낯가림도 있어서 친구에게 같이 놀자는 말도 어려워한다고 한다. 그래서 자기 나름대로 아이들한테 장난을 치면서 같이 놀자고 표현을 하는 것인데, 그걸 듣고 친구들이 화가 나서 때린 적도 있다고 했다. 아마 맞고 오는 아들을 보며 그분 또한 눈물을 많이 삼키신 듯했다.

"그렇게 심한 말을 했는지는 몰랐네요. 정말 미안해요"

그분은 나에게 진심으로 사과를 하셨다. 나는 말의 힘이 너무 강력하니 다시는 나쁜 말을 하지 않도록 따끔하게 혼내달라고 정중히 부탁했다. 그 뒤로 그 아이의 언행은 점점 나아졌다. 더 이상 아들에게도, 다른 친구들에게도 심한 말을 하지 않게 되었다. 물론 그때 한번 이야기를 나눈 것만으로 고쳐진 건 아니었다. 그 뒤로 나는 학교에서 가끔 그 아이와 마주칠 때면 친구들에게 좋은 말을 써야 한다고 얘기했다. 또 그 아이의 부모님과도 계속 연락을 주고받으면서 서서히 고쳐나갈 수 있었다. 그렇게 아들의 초등학교 최대의 스트레스는 해결되는 것처럼 보였지만 정작 아들의 마음은 쉽게 풀리지 않았다. 그래서 아들에게도 그 친구가 같이 놀고 싶은 마음을 표현하는 방법이 서툴렀고, 친구들이 관심을 두지 않자 더 심한 말을 하게 되었다는 사실을 알려주었다. "만약에 친구가 미안하다고 말하면 너도 다가가서 그 친구를 안아주고, 우리 친하게 지내자"라고 말해보라고 조언해주었다. 처음에 아들은 싫다며 손사래를 쳤다. 꼴도 보기 싫다고 말했다. 나도 마음 한편으로 이해가 되었다. 그동안 아들이 얼마나 마음고생을 했을지도 짐작이 되었다. 하지만 그 이후 아들은 그 친구가 미안하다고 말했을 때 자신도 미안하다고 말했다고 한다. "우리 친하게 지내자"라는 말과 함께 말이다.

2학년의 한 달을 그렇게 지옥처럼 보내고, 우연히 버스에서 그 친구를 만났다. 정말 신기한 것이 서로 보자마자 반갑게 아는 척을 하고 인사를 건네는 것이 아닌가? 심지어 즐겁게 대화도 나누었다. 둘의 모습을 보니 내 마음이 흐뭇했다. 힘든 한 달을 보낸 아들은 매우 홀가분한 표정이었다. 집으로 돌아온 뒤 나는 아들과 대화를 나눴다.

꿈꾸는 엄마는 세상보다 단단하다

"이제 그 친구랑 잘 지내는 모습을 보니 너무 좋다. 우리 아들 멋진걸"

"이게 다 엄마 덕분이예요. 늘 고마워요"

힘들어하는 아이에게 필요한 건 언제나 든든한 네 편이다. 힘들 때 누군가는 아이에게 따스하게 손을 내밀어 줘야 한다. 엄마야말로 언제나 든든한 아이의 편이 되어주어야 하지 않을까?

집 밥이
가져온 행복

오늘은 아들의 알레르기 검사 결과가 나오는 날이다. 정기적으로 6개월이나 1년에 한 번은 알레르기 검사를 한다. 아들의 소원은 엄마랑 마주 보고 키세스 초콜릿을 먹는 것이다. 몇 년째 입버릇처럼 말하는 아들에게 나쁜 결과를 담담히 알려주는 게 쉬운 일은 아니다.

의사의 말대로 그동안 노력했지만, 오늘도 결과가 좋지 않다. 아들도 이제는 눈치가 빨라져서 내 얼굴을 보면 결과를 대충 안다. 돌아오는 길에 무거워진 분위기를 전환하고자 남편은 아이들이 좋아하는 만화 주제곡을 틀어본다. 언제나 돌아오는 희망 고문은 늘 잔인하다. 의사도 예측하지 못하는 걸 누가 예측할 수 있을까? 그런데도 우리는 언젠간 그날이 올 거라고 믿으면서 서로 의미심장한 눈빛을 보낸다. 가족이라는 이름으로 우리는 이 시간을 감내하면서 쓸쓸히 병원 문을 나선다.

이런 날은 분위기 전환을 위한 우리 가족만의 특별한 힐링 장소가 있다. 바로 대형마트이다. 식재료를 비롯해 다양한 물건들로 가득 찬 이곳은 우리에게 보물섬이나 마찬가지다. 아이들은 아이들대로 장난감 코너에서 구경하기 바쁘고, 나와 남편은 식재료 코너에서 요리를 구상하느라 정신이 없다. 그렇게 가족과 맛있게 먹을 요리를 상상하며 장을 보다보면, 우울했던 마음은 사라지고 어느새 즐거운 마음이 가득하다.

사실 이렇게 우울한 날엔 맛있는 음식점에서 외식을 즐기고 싶기도 하지만 알레르기 때문에 우리 가족의 외식은 쉬운 일이 아니다. 그렇다고 부모의 입장에서 아이들에게 맛있는 음식을 맛보게 해주고 싶은 욕심을 버릴 순 없다. 그래서 남편의 취미인 요리가 눈부시게 발전 중이다. 남편은 다양한 요리를 본인만의 스타일로 만들어낸다. 특히 아이들에겐 '믿고 먹는 아빠 요리'라고 불릴 정도로 인기가 좋다. 해산물이 듬뿍 들어간 담백하고 칼칼한 짬뽕 탕, 마늘을 볶아서 풍미를 낸 마늘 자장면은 남편의 대표 메뉴다. 또 통 삼겹살 양념구이와 파스타, 스테이크도 빼놓은 수 없는 인기메뉴다.

남편이 일찍 퇴근하는 수요일이면 어김없이 홈 파티가 열린다. 또 내가 근무하고 남편은 쉬는 토요일에는 간혹 아이들에게 햄버거를 만들어 주기도 한다. 평소엔 회사 일 때문에 바쁜 남편이지만 시간이 있으면 요리사로 변신하는 남편. 요새 말하는 '요리 잘하는 섹시한 남자'는 바로 남편을 두고 하는 말이 아닐까?

오늘은 홈 파티 메뉴로 스테이크와 파스타 그리고 샐러드를 만들기로 했다. 메뉴가 정해지면 가족 모두가 각자의 역할에 바삐 움직인다. 메인인 스테이크와 파스타는 남편이 맡고, 난 옆에서 샐러드 채소를 준비한다. 아이들은 식탁을 정리하고, 그릇과 수저를 세팅한다. 채소를 깨끗이 씻은 다음 아이들과 함께 손질한다. 아이들은 양상추를 먹기 좋게 손으로 뜯고, 난 나머지 채소를 칼로 썰어 접시에 담는다. 이 와중에도 아이들은 떠들며 장난치기 바쁘다. 정신없는 분위기지만 웃음이 끊이질 않는다. 이런 복작거림이 참 좋다.

완성된 요리가 하나, 둘씩 식탁 위에 올라간다. 아이들은 자기가 만든 음식이 자랑스러운지 연신 신이 나 있다. 나가서 사 먹었다면 몰랐을 행복이다. 이렇게 가족이 모두 식탁에 둘러 앉아 함께 만든 음식을 먹는 이 순간은 값을 매길 수 없다.

이런 영향을 받아서일까? 처음에는 남편과 내가 중심이 되어 요리했다면 요즈음은 아들의 활약이 눈부시다. 특히 계란을 풀어서 각종 재료를 넣고 피자처럼 도톰하게 부친 계란 피자는 일품이다. 피곤한 엄마를 위해 만들었다며 먹기 좋게 잘라서 가져다준다. 가끔은 손수 만든 핫도그와, 동그란 주먹밥 같이 보기만 해도 정성이 가득 들어간 음식으로 나를 깜짝 놀라게 하기도 했다. 가족들이 맛있게 먹는 모습이 좋아서 요리 하는 게 즐겁다고 말하는 아들이 어찌 사랑스럽지 않을 수 있을까.

'궁하면 얻는다고 했던가?' 아무거나 못 먹는 외식의 설움을 우리는 '집밥'으로 풀어내고 있다. 이제 아들은 밖에서 사먹는 음식이 허접스러울 때면 '이럴 바엔 집에서 만들어 먹는 게 낫지'라는 말을 자연스레 하곤 한다. 어쩔 수 없었던 선택이 이제는 최고의 선택이라고 여겨지는 순간이다. 시간이 흐를수록 집 밥 메뉴는 점점 다양해진다. 받기만 했던 아이들도 이제는 주방에서 한몫을 톡톡히 해낸다.

아들의 알레르기 쇼크 덕분에 남편과 나는 점점 능력자가 되어가는 느낌이다. 우리 안에 있는 보물 상자를 열어 좀 더 나은 방법을 찾을 수 있게 해준다. 아들은 우리에게 우유가 없는 세상을 가르쳐 줬고, 그 안에서 많은 아빠, 엄마 표 음식이 탄생했다. 그리고 이제

집밥은 단순한 음식이 아니라 우리 가족이 서로의 마음을 나누고 소통하는 창구가 되었다.

떼쟁이 딸도 안다. 가끔 오빠가 못 먹는 음식을 먹을 때면 오빠에게 미안하다며 숨어서 먹곤 한다. 오빠가 미울 법도 한데, 누구보다 오빠를 이해해준다. 우리는 외식을 잃었지만, 곁에 있는 누군가의 고통을 이해하고, 배려하는 마음을 얻었다. 집밥이 가져온 행복은 돈으로도 살 수 없다.

"별은 어둠이 있어야 더욱 빛나는 법이다"

그 어둠은 우리를 아직도 짓누르고 있다. 때론 그 어둠에 가려져 반짝이는 빛조차 잃어버리고 방황하기도 한다. 하지만 우리는 늘 그 어둠과 함께 살아가고 있고 그 안에서 반짝이는 법을 배워나가고 있다. 우리에겐 세상 누구보다도 소중한 가족이 있다. 어둠 속에 혼자 있다면 힘들지만 함께라면 외롭지 않다.

참을 수 없는
과자의 유혹

과자 안에 겹겹이 부드러운 크림이 들어간 웨하스. 그건 누군가는 열지 말아야 할 판도라의 상자와 같다. 적어도 우유 알레르기 쇼크가 있는 아들에게는 말이다. 세상에 우유 들어간 음식은 너무 많다. 그 음식들은 하나같이 아들에게 유혹의 손길을 보내고 있다. 먹고 싶은 욕구를 참는다는 것은 아들이 감당하기엔 너무 큰 고통일지도 모른다. 만약 웨하스를 한입 베어 물면 어떤 일이 일어날까? 그냥 단지 웨하스일 뿐인데. 이 선택의 기로 속에서 아들은 갈등 중이다. 그런데 아들이 결심한 듯 하얀 포장지를 살며시 뜯는다. 그리고 조심스럽게 웨하스 한 개를 베어 문다. 드디어 웨하스가 아들의 입속으로 들어간다. 그리고 흔적도 없이 순식간에 사라진다. 웨하스를 처음 먹어본 아들은 과연 어떤 느낌일까? 부드러운 바닐라 크림이 들어간 웨하스는 부스러기가 좀 생기긴 해도 달콤하고 맛있다. 세상 모든 걸 가진듯한 환한 미소로 아들은 말한다.

"진짜 정말 맛있다"

이 모든 일이 내가 잠깐 외출한 사이에 벌어졌다. 고작 웨하스 하나 먹었을 뿐인데 아들의 표정은 너무 행복해 보인다. 하지만 그 행복은 30분을 넘기지 못한다. 거짓말처럼 30분 후쯤 목이 아프다며 쉴 새 없이 기침한다. 얼굴은 점점 활화산처럼 빨개지며 벌이 수십 마리는 쏘고 지나간 것처럼 부어오른다. 바로 알레르기 쇼크 증상이 아들에게 다가오고 있었다. 우선 응급약을 먹이고 시원한 물로 아들을 씻겼다. 빨갛게 달아오른 얼굴로 아들은 가쁜 숨을 몰아쉬기 시작했다. 이제 1분 간격으로 아들의 상황을 예의 주시해야만 했다. 물을 한잔 마시게 하고 침착하게 상황을 지켜보았다. 아들은 남들이 맛있게 먹는 웨하스인데 왜 본인만 아파야 하는지 속상한 마음도 컸을 것이다. 한 조각의 달콤함은 거대한 후폭풍을 가져왔다. 결국, 아들은 쉴 새 없이 기침 해대며 괴로워하고 있었다.

나는 아들에게 화를 낼 수가 없었다. 그렇다고 눈물을 보일 수도 없었다. 애써 눈물을 참으며 아들의 상황이 호전되길 기다렸다. 약을 두 번이나 먹은 후에야 기침은 서서히 잦아들었다. 여차하면 응급실에 가야 했다. 다행히 상태가 점점 나아지는 것 같아 마음이 놓였다. 이제야 안도의 한숨을 쉴 수 있었다. 진짜 이만하길 다행이다 싶었다.

참을 수 없는 과자의 유혹에 빠진 아들. 남편은 원래 우유가 들어 있는 과자는 잘 사 오지 않았는데 둘째 먹으라고 사 온 과자가 화근이었다. 그리고 평소 자기가 먹던 것 외에는 잘 먹지 않던 아들이 웨하스를 먹다니… 의아했다. '얼마나 먹고 싶었으면 그랬을까?' 그 마음을 알기에 아들에게 별다른 말을 하지 않았다. 말없이 응급 상자를 가져와 아들의 상태를 지켜볼 뿐이었다.

가쁜 숨을 몰아쉬던 아들은 이제 조금 나아졌는지 밝은 미소를 지어 보였다. 난리가 난 집안 분위기에 겸연쩍게 머리를 긁적이며 아들이 웃었다. 맛있게 먹은 웨하스 하나에 피부는 난리가 났다. 찢어진 귓불 사이로 피가 맺혔다. 투명한 진물까지 보였다. 배는 벌에 쏘인 것처럼 부어오르고 전제적으로 벌그스름했다. 팔이며 다리 어느 한 곳 성한 데가 없었다. 온몸을 긁어서 상처투성이였다. 그래도 기침이 사라지고 호흡도 안정적으로 되었으니 그걸로 괜찮다고 여겼다. 알레르기약을 먹이고 온몸 구석구석을 소독하고 약을 발라주었다. 아들에게 시원한 곳에 누워있으라고 했다. 아들은 말없이 자리에 누웠다. 조금 마음이 진정될 즈음 나는 아들에게 다가가 천천히 대화를 나눴다.

"그렇게 먹고 싶었어? 먹어보니 어때?"

"엄마. 웨하스가 이렇게 맛있는 건지 처음 알았어. 그래서 먹는 거구나"

"나중에 알레르기 좋아지면 같이 먹자. 이만하길 다행이야"

아들을 다독이며 살포시 안아주었다. 먹지 말라고 소리 지르고 화내는 것보다 자신이 스스로 깨닫는 것. 그것도 꼭 필요한 과정이다. 그동안 자신이 먹고 싶은 욕망을 두려움이라는 공간에 가둬놓고 혼자 어떻게 해야 할지 전전긍긍했을 것이다. '먹을까 말까?' 하고 적어도 오백만 번은 생각했을 것이다. 아플지 알면서 그렇게 했다는 건 무모해 보이지만 사실 무모한 것이 아니었다. 나름의 시도인 셈이다. 자신이 힘들 거란 걸 알면서도 그 행복을 한 번쯤은 느끼고 싶었던 것이 아니었을까. 엉망이 되어버린 아들의 피부를 보며 나는 이런저런 생각에 잠겼다.

캄캄한 동굴 안. 죄인들의 목과 발목에 쇠사슬이 감겨있다. 그들은 태어날 때부터 벽에 있는 그림자만 보며 살아왔다. 어느 날 그림자를 바라보던 한 죄인이 쇠사슬을 끊고 그 정체를 밝히기 위해 길을 떠난다. 그 여정은 멀고 험난하다. 날카로운 돌부리에 긁혀 피가 나고 몸은 여기저기 멍들고 상처투성이가 된다. 마침내 동굴 밖으로 나온 순간 그에게 비추는 강한 빛! 그리고 그는 드디어 그림자의 정체를 알게 된다. 그는 동굴 밖 세상에서 진리를 깨닫게 된 것이다.

철학자 플라톤이 쓴 〈국가〉라는 책에 나오는 이 '동굴의 비유' 이야기는 많은 생각을 하게 한다. 줄곧 진짜라고 믿어왔던 동굴 안의 그림자는 사실 진짜가 아니다. 그렇게 그는 힘든 여정을 거친 후 비로소 새로운 것들을 알게 된다. 동굴 밖으로 나오지 않으면 절대로 알 수 없었을 것이다.

그동안 나는 아들에게 가장 중요한 것은 알레르기 음식을 먹지 않는 것이라고 여겼다. 생명과 직결되는 문제니 당연했다. 알레르기를 일으키는 음식을 먹지 않았을 때 아들은 뽀얗고 촉촉함까지 머금은 그런 피부였다. 그래서 나는 그게 전부라고 생각했다. 동굴 속 그림자만 바라보던 사람 중 하나가 바로 나인 셈이다. 하지만 아들은 이때부터 우유가 들어간 음식들을 조금씩 먹고 있다. 눈부신 피부보다 먹는 즐거움을 선택한 것이다. 그리고 지금이 더 행복하다고 했다. 동굴을 나옴으로써 그림자의 진리를 깨달았던 그 사람처럼 아들 역시 진리를 알고 싶었던 것이 아닐까?

때론 먹어서 아프기도 하고, 가끔 두려워서 울먹이기도 했다. 그런 일련의 과정을 통해 자신의 고통을 조금씩 이겨내고 있었다. 삶과 죽음의 경계에서 아들의 선택은 어찌 보면 큰 용기다. 아프긴 했지만, 웨하스는 맛있었다며 웃는 모습이 대견했다. 자신이 처한 현실에 대해 용기 있게 시도하고 결과에 대해 담담하게 받아들였다. 지금까지 살아온 대로 계속 먹지 않았다면 피부는 눈부셨을지 몰라도 아들의 마음은 행복하지 않았을 것이다.

"행복은 배우는 일이다. 자신을 실험하는 용기를 가져야 한다"
돈키호테를 쓴 세르반테스가 행복에 대해 한 말이다. 자신이 처한 현실을 바꾼다는 건 어렵다. 하지만 그 현실에 용기를 내어 하나하나 도전하다 보면 행복으로 가는 길은 열릴 것이다.

꿈꾸는 엄마는 세상보다 단단하다

나의 눈물을 안아준
고마운 사람들

냉장고에 붙어있는 급식 표를 보니 오늘은 아들 도시락을 준비하는 날이다. 메뉴는 장조림 버터 비빔밥, 수제 망고 요플레와 케이크였다. 만약 도시락을 싸주지 않는다면 우리 아들은 밥과 김치만 먹어야 할 판국이었다.

전날 시폰 케이크를 구워놓고 아들이 좋아하는 메뉴로 순식간에 반찬을 만들었다. 아침에는 촉촉해진 시폰 케이크에 생크림을 만들어서 멋지게 발라주었다. 그야말로 도시락 풀코스인 셈이다. 캡틴 마블도 절대로 할 수 없는 나만의 능력. 알레르기 쇼크 맘 10년 차인 나에게 이런 것은 일도 아니다.

"아이가 아픈 걸 어떻게 그렇게 아무렇지도 않게 말해요?"

"10년 쨴 데 매일 울 수가 없어서요"

애써 담담한 나와 달리 상대방은 신기한 눈빛이었다. 그도 그럴 것이 도시락을 싸 보내는 엄마는 흔치 않으니까 말이다. 하지만 처음부터 내가 이 상황에 대해 멋지게 대처할 수 있었던 것은 아니다. 벌써 1년도 아니고, 10년이 지났다. 강산이 한 번은 변한다는 그 10년을 한 결같이 해왔기 때문에 남들에게는 커 보이는 일도 나에겐 그냥 일상이 되어버렸다. 처음엔 희망을 품고 의사의 말을 절대적으로 믿고 따랐다. 울어도 봤고 할 수 있는 건 다 해 봤다. 그런데도 점점 치솟는 알레르기 수치. 아들의 피부는 여름만 되면 난리가 났고 매일매일 전쟁이었다. 그래서 내가 내린 결론은 바로 '그냥 받아들이자'였다.

다행히 나에겐 뜨거운 눈물을 함께 흘렸던 영혼의 동반자들이 있었다. 나에게 이 사람들이 없었다면 어땠을까? 과히 상상조차 할 수가 없다.

이미 돌 전부터 알레르기 증상을 보였던 아들. 점점 좋아질 것이라고 기대했던 내 마음은 롤러코스터를 탄 듯 오르락내리락을 반복했다. 의사가 판정한 초등 전 완치는 이미 물 건너간 지 오래고 가망이 없다는 말을 듣고 나니 내 마음은 어둠이었다. 뭘 해도 의미가 없고 툭하면 눈물이 폭발했다. 세상에 나처럼 불행한 사람은 없을 거라며 세상을 원망하기도 했다. 온종일 내 생활 없이 아이만 바라보는 시간 들은 처음엔 감사였지만 점점 지쳐갔다. 가슴속에 시한 폭탄을 장착한 사람처럼 언제 터질지 모르는 감정을 안고 살았다.

　수소문 끝에 옮긴 병원에는 커뮤니티 카페가 있었다. 너무 괴로운 마음에 '친구 해요'라는 글을 올렸고 나와 같은 마음을 가지고 있는 친구들을 만났다. 친구들을 모아 마음으로 단체 대화방을 개설했다. 이름하여 알레르기 아이를 키우는 엄마들의 모임(이하 알아모)으로 정하고 여러 사람과 함께 소통하기 시작했다. 아이들의 피부 상태에 따라 우리들의 마음은 하루에도 몇 번씩 천국과 지옥을 오갔다. 열심히 아이에게 최선을 다하는데도 달라지는 게 없을 땐 너무 힘들어 엉엉 울기도 했다. 시간과 공간의 제약이 없는 알아모 단톡방은 엄마들의 다친 마음을 안아주고 서로 응원해주는 건강한 공간으로 점점 발전해 나갔다. 20대 중후반 동생들부터 40대가 넘는 언니들에 이르기까지 같은 고통을 겪고 있는 우리는 그 누구보다 더욱 친밀해졌다. 가족들에게조차 털어놓을 수 없는 이야기도 서로 하게 되었다. 그 소소한 대화가 오고 가기를 몇 달 후 우리는 드디어 만나기로 했다.

영등포 타임스퀘어 빕스 안. 오전 11시에 15명 남짓한 여자들이 모였다. 설레는 마음으로 일주일 전 예약까지 마쳤다. 오늘은 우리가 서로를 처음 만나는 자리였다. 처음에는 온라인으로만 대화하던 우리가 실제로 만나서 얼굴을 본다는 사실은 설렘 그 자체였다. 정말 처음 만나는 게 맞는지 의심스러울 정도로 우리는 만나자마자 서로의 이야기보따리를 푸느라 정신이 없었다. 그곳은 이내 웃음과 눈물이 함께 뒤엉킨 토크 박스가 되었다. 가슴속에 있던 말들을 밖으로 꺼내니 힐링이 따로 없었다. 오랜만에 하는 외식은 낯설었지만, 몸도 마음도 참 편했다.

주말에 남편한테 아이를 맡기고 나만의 외출을 하는 것은 진짜 오랜만이었다. 아이를 낳고 5년이 넘도록 나는 단 한 번도 혼자 외출한 적이 없었다. 세상 밖으로 나간다는 사실이 두려웠기 때문이다. 내 가슴속에 있는 말들을 모두 털어놓을 수 있는 든든한 친구가 있다는 사실이 믿기지 않았다. 아이들이 아장아장 걸어 다녔던 2살 시기에 만나서 이젠 어엿한 초등학생이 되어가는 과정에 우리는 대화방에서 매일 이야기를 나눴다. 혼자라면 이겨내지 못할 고통의 순간도 이 사람들과 함께여서 웃을 수 있었다. 그래서 견딜 수 있었다. 하지만 아쉽게도 만남의 시간은 늘 그렇듯 짧게만 느껴졌다. 4시간이 마치 4분처럼 어찌나 빨리 지나가는지 너무 안타까웠다.

꿈꾸는 엄마는 세상보다 단단하다

처음에는 모든 친구가 아이의 알레르기와 아토피에 시달렸다. 하지만 5~6년의 세월이 흐르면서 점차 증상이 완화되어 음식을 가리지 않는 아이도 생겼다. 그렇게 대부분은 피부가 예민하긴 해도 일상적인 생활을 할 수 있게 되었다. 정말 다행이라는 생각이 들었다. 물론 나는 아직도 아들과 끝없는 알레르기 전투 중이지만 아이의 증상이 호전된 친구들을 보면 흐뭇했다. 혹시 아이의 알레르기가 사라지면 우리의 관계가 소원해지진 않을까? 라고 걱정했던 적도 있었다.

하지만 힘들고 괴로웠던 그 순간을 함께 나누며 울고 웃었던 동지였기에 우린 여전히 돈독하고 애틋했다. 여전히 단톡방에선 소소한 이야기들이 오갔고, 고민을 이야기하면 제일 먼저 응답받는 곳도 바로 이곳이었다.

'알아모'를 하면서 모두가 입을 모아 이야기했던 것이 우리처럼 알레르기로 고통받는 사람들을 위한 커뮤니티가 부족하다는 것이었다. 그렇게 탄생한 것이 알레르기 공통 커뮤니티인 '세이프 알레르기 카페'다. '알아모' 구성원을 주축으로 만들어진 이 카페는 알레르기를 겪고 있는 사람들의 건강하고 행복한 생활을 위한 정보 공유가 주된 목적이라고 할 수 있다. 나는 카페 주인장은 아니지만, 운영진 중 한 명으로 활동하고 있다. 처음에 알음알음으로 시작한 카페는 점점 입소문을 타고 많은 사람이 모였다. 요즘엔 아이들뿐만 아니라 성인들도 고통을 호소하는 분들이 많아져서 카페에 올라오는 글과 정보도 더 다양하고 풍성해졌다. 카페에는 다양한 음식 정보와 요리 정보도 간간이 보이지만, 역시 제일 많이 올라오는 글은 아이를 키우면서 힘든 점에 대한 고충 토로와 질문들이다. 서로의 경험을 공유하고 울고 웃는 이 카페 역시 나의 눈물을 안아주는 고마운 곳 중 하나다.

카페를 시작으로 우리는 방송이나 정책 참여를 비롯해 크고 작은 활동을 해왔다. 이런 노력에 보답이라도 해준 것처럼 '알레르기 쇼크 응급 주사 처치'에 관한 내용이 법으로 지정되었다. 하지만 이후 정책에 대해서도 준비를 해야 했고, 더 적극적으로 활동할 공간이 필요했다. 그렇게 만들어진 것이 '알레르기 생활연구소'라는 조합이다. 우리는 지금도 각자의 위치에서 알레르기로 고통받는 사람들을 위해 함께 노력하고 있다.

우리 손안에 작은 세상에는 더 이상 한계가 없다. 알아모는 나에게는 영혼과도 같다. 그 사람들이 없었다면 힘들었던 그 시간을 버텨낼 수 없었을 것이다. 참 좋은 사람들을 만나, 나 혼자만의 힘으로 바꿀 수 없던 것들이 커뮤니티를 통해 좀 더 나은 방향으로 변해

꿈꾸는 엄마는 세상보다 단단하다

간다. 서로 울고 웃고 응원하며 힘든 시간을 견디고 여기까지 왔다. 각자 아픔을 안은 채로 만나서, 뜨거운 눈물을 함께 흘리고 나를 안아준 고마운 사람들. 소중한 사람들과의 인연을 영원히 이어가려고 한다. 함께 숨 쉬고 눈뜨고 살아가는 하루 속, 우리는 더 큰 행복을 향해 함께 나아간다.

계란으로
바위 치기

친정엄마조차 처음에는 손자의 알레르기가 얼마나 심한지 몰랐다. 여러 번 설명했지만, 오히려 과잉보호라며 나의 행동을 전혀 이해하지 못했다. 어린이집과 유치원에서 알레르기를 이유로 입학 거부를 당하기도 했다. 입학을 하고 난 다음이 더 문제였다. 내가 아무리 노력해도, 선생님들께 부탁을 드려도 한계가 있었다. 내 답답함은 그렇게 점점 커져만 갔다.

이런 생각에 활활 불을 붙이게 된 사건이 앞서 언급했던 〈학교가 요구한 '목숨 각서', 엄마는 억장이 무너졌다〉라는 뉴스 보도다. 마치 내 일인 것 마냥 눈물이 쏟아졌다. 더 이상 참을 수가 없었다. 해당 뉴스와 관련해 더 자세한 내용이 카페에 올라왔다. 당사자는 이런 일을 겪으며 얼마나 가슴이 아팠을까. 다신 기억하기도 싫은 일을 언론에 노출하고, 글로 정리하며 얼마나 힘들었을까. 카페에 당사자가 뉴스에 보도됐던 것보다 더욱 자세한 내용을 올리면서 우리는 더욱 분개했다. 이 문제에 대해 알레르기 카페의 운영진들이 모두 모여 의견을 나눴다. 잠깐의 이슈로 묻혀버리기엔 너무 아까웠다. 그 결과 우리는 이 이슈를 조직적으로 공론화시켜서 정책 제안으로 연결하기로 했다. 그동안 알레르기와 관련된 정책들이 탄력을 받지 못하는 이유는 단순하다. 사람들의 관심이 부족하기 때문이다. 알레르기 관련 이슈가 수면 위로 떠 오른 지금이 우리가 목소리를 높일 기회라고 생각했다.

먼저 국민신문고에 민원을 넣는 것으로 시작했다. 하지만 민원을 한번 신청했다고 해서 바로 우리가 원하는 답변을 들을 수 있는 것은 아니다. 오히려 흐지부지하게 끝나버리는 경우가 훨씬 많다. 특히 우리가 신청하는 민원은 제도 개선 건의에 해당하기 때문에 더욱더 쉽지 않았다. 그래서 우린 카페 회원들의 힘을 빌리기로 했다. 알레르기 아이를 위한 제도 개선을 위한 민원에 관심이 있는 분들은 추가로 민원을 넣어달라고 부탁드렸다. 여기서 멈추지 않았다. 민원에 힘을 보태기 위해 호소문을 모아 직접 전달하기로 했다. 알레르기 아이를 직접 돌보는 엄마들의 경험담은 알레르기의 위험성을 잘 모르는 사람들에게 이런 부분을 제대로 전달해줄 수 있다고 생각했기 때문이다. 그렇게 호소문을 7월 말에 전달하는 것을 목표로 카페에 홍보하기 시작했다. 호소문을 어떻게 작성해야 할지 막막한 분들을 위해 나를 포함한 몇몇 분들이 작성한 호소문을 올려서, 다른 회원들의 호소문 작성을 격려했다. 그리고 며칠 뒤, 많은 카페 회원들이 저마다의 방법으로 '목숨 각서' 사건을 알리기 시작했다. 본인 SNS에 뉴스를 게재하는 분도 있었고, 카드 뉴스를 만들어 여러 커뮤니티에 알리는 분도 있었다. 어떤 분은 카페에서 진행하는 민원신청과 호소문에 대해 각 방송사와 신문사에 제보하기도 했다. 조금이라도 더 많은 사람이 이 일에 관심을 가질 수 있도록 애썼다.

하지만 알레르기 아이를 돌보는 엄마들의 하루는 너무 바빴다. 함께 하고 싶어도 여건이 어려운 분들이 많았다. 그래도 우리의 활동을 짧은 글로나마 응원해주는 분들이 정말 고마웠다. 호소문을 모으기 시작한 지 3주가 흘렀다. 그동안 324장의 호소문이 모였다. 내 아이의 세상이 달라지길 염원하는 부모들의 마음과 같았다. 이 호소문은 나와 다른 운영진 한 명이 함께 교육청에 제출하기로 했다.

우리는 다소 비장한 마음가짐으로 호소문을 챙겨서 경기도 교육청으로 향했다. 불과 얼마 전까진 평범한 주부였던 내가 평생 와본

적도 없는 교육청에 발을 내디뎠다. 초인종을 누르고 상황을 설명했다. 하지만 돌아오는 대답은 담당자가 없다는 말뿐이었다. 그래도 포기할 순 없었다. 직원과 계속 대화를 시도하고, 우리가 넣었던 민원과 호소문에 관해 설명했다. 그래도 달라지는 건 없었다. 그 직원은 그저 자신이 담당자가 아니어서 아쉽다며 난감한 표정을 지을 뿐이었다. 호소문이라도 전달하고 싶다고 하자, '체육 건강 교육과'라는 보건 관련 담당자에게 전달하겠다며 받아주었다. 우린 직원에게 꼭 검토해 달라고 신신당부하며 교육청을 나왔다. 교육청을 나오는 내 발걸음에 아쉬움이 가득했다. 담당자를 만나면 하고 싶은 이야기도 많았고, 물어보고 싶은 것도 많았다. 하지만 호소문조차 직접 전달할 수 없었다. 담당자에게 전달은 될까? 전달돼도 읽어보기나 할까? 이런 걱정이 앞섰다. 그저 묵직한 종이에 담긴 우리들의 마음이 잘 전달되길 바라고 또 바랐다. 준비했던 것을 모두 실행에 옮겼고, 이제 기다리는 일만 남았다. 하지만 돌아오는 답변은 한결같았다. '우리 부서의 일이 아니다', '우리는 권한이 없다', '담당자를 통해 답변을 줄 테니 기다려 달라'는 식의 답변이었다. 연락을 기다려도 꿩 구워 먹은 소식이었다. 324명의 목소리가 그렇게 묻혀갔다. 짧은 기간에도 호소문을 작성해준 300명이 넘는 분들에게 너무 죄송했다. 그래서 더 포기할 수 없었다. 알레르기와 관련된 정책을 개선하기 위한 다른 방법을 찾아야겠다고 생각했다.

그러던 중 세알 카페 운영자 중 한 분의 소개로 국회의원 보좌관을 만나게 됐다. 2018년 국정 감사를 위해 그동안 알레르기 쇼크의 위험성을 알리고 이에 걸맞은 정책 제안을 준비하고 있다고 했다. 그래서 이를 뒷받침하기 위한 사례자의 인터뷰 자료가 필요한 상황이었다. 정규 교육을 받는 초등학생 이상의 사례자가 필요해서 여기저기 수소문 끝에 나에 대해 알게 되었다며 설명해 주었다. 우리는 첫 만남임에도 알레르기 쇼크라는 연결고리 덕분에 뜨거운 대화를 이어 나갔다.

이분들이 제안할 정책과 개정하고 싶은 정책은 알레르기 쇼크가 있는 아이를 오랫동안 돌보고 있는 내게 하나같이 소중한 것들이었다. 그중에서 특히 눈길이 가는 정책이 있었다. 응급 주사에 관련된 것이었다. 알레르기 쇼크가 발생하면 바로 응급 주사를 맞아야 증세가 빠르게 호전될 수 있다. 그런데 병원 밖에서 이 주사를 놓을 수 있는 사람은 많지 않다. 당사자와 가족뿐이다. 1분 1초가 다급한 상황에 알레르기 쇼크가 와서 숨을 쉬기도 힘든 아이가 스스로 주사를 놓을 수 있을까? 항상 할 수 있을 거라고 판단하긴 힘들다. 이런 상황이 되면 부모에게 연락해서 응급 주사를 놓던지, 119에 연락해서 구급차를 기다릴 수밖에 없다. 사실 내가 119 맘이 된 이유도 바로 이 응급 주사 때문이다. 이런 이야기를 들으니 이분들에게 내가 조금이라도 도움이 되고 싶었다.

꿈꾸는 엄마는 세상보다 단단하다

그렇게 카메라 앞에 앉아서 아들과 있었던 일을 하나하나 꺼냈다. 하루하루 살얼음판을 걷는 것 같은 마음을 꺼내고 나니 이미 내 얼굴은 눈물범벅이 돼 있었다. 알레르기 쇼크가 있는 아이를 위한 좋은 정책을 마련해 달라는 이야기를 끝으로 인터뷰를 마무리했다. 30분 정도의 짧은 만남 동안 정말 많은 이야기를 나눴고, 많은 꿈을 꿨다. 알레르기 쇼크에 대한 교육이 학교를 비롯한 여러 단체에서 이루어지고, 알레르기 쇼크가 온 사람에게 누구든 응급 주사를 놔줄 수 있는 그런 날을 상상할 수 있게 됐다. 아직 갈 길은 멀겠지만, 우리 아이들의 미래를 위해 최선을 다해 돕고 싶다고 생각했다.

이때 보좌관과 함께 만났던 젊은 여자분이 있었다. 이분은 '정치하는 엄마들'이라는 카페에서 활동하는 분이었다. 이 단체는 엄마들의 적극적인 정치 참여를 주도하는 단체로 '나 자신과 아이들을 위한 변화를 직접 만들어 갑시다'라는 이념을 갖고 있다. 덕분에 나도 이분의 초대로 카페의 오프라인 간담회에 가게 되었다. 떨리는 마음으로 자기소개를 하고 다른 분들의 이야기를 들었다. 처음에는 정치에 대한 이야기가 어색하기만 했다. 하지만 여러 어머니의 이야기를 들으니 정치라는 것이 우리 아이들이 건강하고 행복하게 자라기 위해 꼭 필요한 부분이라는 생각이 들었다. 그렇게 이 카페에 가입하게 됐고, '벌레 먹은 사과'라는 보건 팀의 일원으로 활동하기 시작했다. 이때부터 카페를 통해 많은 정책 관련 세미나와 간담회 일정에 대해 알 수 있게 되었다. 정책에 참여하고 있는 영향력 있는 분들에게 알레르기 쇼크의 위험성을 직접 알릴 수 있는 좋은 방법이라는 생각이 들었다. 그리고 얼마 뒤에 서울시장이 참여하는 서울시 정책 장터가 열린다는 소식을 들었다. 아무도 만나주지 않는다면 내가 직접 시장님을 만나러 가야겠다고 생각했다.

이번 정책 장터는 저출산 위기 대응을 위한 시민 대토론 〈이래서 살겠냐!〉라는 주제로 서울시청의 다목적 홀에서 열렸다. 어찌 보면 알레르기와 동떨어진 주제라고 생각할 수도 있겠지만 내 생각은 달랐다. "둘째도 알레르기가 있을까 봐 낳기가 두려워요" 알레르기가 있는 아이를 키우는 대부분 엄마들의 고충은 바로 이것이다. 해마다 늘어나고 있는 알레르기 발생 인구는 이제 더 이상 소수만의 문제가 아니다. 만약 부모가 알레르기가 있는 아이를 키우면서 느끼는 문제에 대한 제도가 마련된다면 분명 저출산 해소에 도움이 될 수 있다고 생각했다. 나는 밤새 이런 내용을 중심으로 여러 가지 세부 사항을 나눠서 시장님께 전달할 자료를 만들었다.

2017년 12월 9일, 결전의 날이 찾아왔다. 아침까지 야간근무를 하고 돌아와 옷을 갈아입고 준비한 자료를 챙겼다. 몸은 피곤했지만, 서울로 향하는 발걸음은 왠지 가벼웠다. 뭔가 해낼 수 있다는 자신감이 있었다. 서울시청에 도착해 얼마 지나지 않아 류 경기 부시장님의 개회사와 인사말이 이어졌다. 뒤를 이어 1인 주거 청년, 경력 단절 여성, 육아휴직 남성, 자녀를 양육 중인 여성, 미혼모 등 다양한 시민들이 토론하는 자리가 마련됐다. 그 뒤에는 개그맨 이정수 씨가 나와 특유의 입담과 재치로 토론회장의 분위기를 살려 주기도 했다. 그리고 중간중간 의제를 채택하는 시간도 있었는데 이 방법이 꽤 재밌었다. 사람들이 저마다 포스트잇에 자신의 의견을 적어 뒤에 붙여두면 그것들을 종합해 가장 많이 언급된 주제가 의제로 채택된다. 여기서 채택된 의제는 관계자가 확인하여 개선 방향을 모색하는 자리가 마련됐다. 나도 열심히 머리를 굴려 의견을 적었지만, 아쉽게도 의제로 채택되진 못했다. 하지만 낙심할 필요는 없었다. 밤을 새워 만들었던 자료를 다시 확인하면서 시장님께 어떻게 전달해야 할지 계속 생각했다. '어떤 말과 함께 자료를 전달해야 조금이라도 내 말에 귀 기울여 주실까'하고 말이다. 사실 시장님께 드리기 위해 명함도 파온 터라 살짝 긴장도 됐다. 모든 행사가 중반부에 갈 즈음부터 시장님의 모습이 보였다. 이야기할 타이밍을 생각하며 시장님의 움직임에 촉각을 곤두세웠다. 토론회가 마무리되는 분위기에 시장님이 강단에서 내려오셨다. 바로 그 순간 나는 겁도 없이 시장님 앞으로 당당히 걸어갔다. 하지만 시장님 앞에 서니 내 두 손은 자동으로 공손 모드가 되었다. 그렇게 시장님께 정중히 인사를 드리고 알레르기 쇼크가 있는 아이를 키우고 있는 엄마라고 나를 소개하며 명함과 자료를 전했다. 시장님은 살짝 놀라시는 눈치셨지만 내가 건넨 자료를 진지하게 살펴보셨다. 아이를 더 낳고 싶어도 첫 아이에게 알레르기가 있으면 출산을 꺼리게 되는 게 현실입니다. 그중에서도 매 순간 생명이 위협받는 알레르기 쇼크의 위험성에 관해 이야기했다. 시장님은 내 이야기를 끝까지 경청해주시곤 자료를 검토해 보겠다고 말씀하셨다. 그리곤 "이런 정책이 마련되기 위해선 은진 씨 같은 분이 더 많은 활동을 해줘야 해요"라고 덧붙이셨다.

너무 쉽게 생각했던 걸까? 현실은 마치 딱딱한 바위와도 같았다. 나를 비롯해 알레르기로 고통받는 많은 사람의 절절한 호소를 전하는 것만으로도 깰 수 있다고 생각했던 바위는 생각보다 더 단단했다. 현실이라는 바위에 우리라는 달걀을 던져도 깨지는 건 결국 우리였다.

꿈꾸는 엄마는 세상보다 단단하다

내가 할 수 있는
최선이 뭘까?

"이런 정책이 마련되기 위해선 은진 씨 같은 분이 더 많은 활동을 해줘야 해요"

서울시 정책 장터에서 만난 시장님이 나에게 하신 말씀이 귀에 맴돌았다. 그 뒤로 항상 생각했다. 내가 할 수 있는 일이 무엇인지, 어떻게 해야 알레르기 쇼크의 위험성에 대해 더 알릴 수 있을지를 말이다. 그때 떠오른 것이 바로 언론 노출이다. 정책 장터나 세미나 간담회 참석도 물론 중요하다. 하지만 사람들이 쉽게 접할 수 있는 매체를 꼽으라면 단연 TV다. 그중에서도 짧은 보도 자료로 이루어지는 뉴스는 사람들이 매일 보는 매체 중 하나다. 비록 짧더라도 비중 있게 내용이 다뤄진다면 다수의 사람들에게 알레르기 쇼크가 위험하고 배려와 관심이 필요하다는 사실을 알릴 수 있을 거라는 생각이 들었다. 그리고 이 뉴스와 함께 시사 프로그램에서 이 내용을 보도해 준다면 금상첨화일 거라는 생각이 들었다. 하지만 방송 출연은 나에게 쉽지 않은 결정이었다.

아들이 4살 때 뉴스에 잠깐 출연한 적이 있지만, 그때는 나의 자발적인 선택이 아니었다. 내 상황을 알고 너무 안타까워하시는 분의 제보로 이루어진 인터뷰였다. 그때 사건의 발단은 어린이집에서 일어난 사고였다. 학예회 연습을 하다가 친구가 건넨 초콜릿에 호흡곤란이 왔다. 아들도 친구도 초콜릿에 우유가 들어 있는 걸 몰랐다. 담임선생님 또한 이런 상황을 보지 못했기 때문에 막을 수도 없었다. 결국, 아들이 쓰러지고 나서야 상황을 파악하고 나에게 연락했다. 사실 등원 첫날에 담임선생님이 준 요구르트 때문에 병원을 갔던 것을 시작으로 크고 작은 사고는 종종 일어났다. 선생님들과 많은 이야기를 나누고 매뉴얼을 만들어 드렸지만 소용없었다. 나는 점점 두려워졌다. 작은 실수 하나에도 우리 아들은 생명에 치명적인 위협을 받기 때문이다. 어린이집에 도착해서 숨도 제대로 못 쉬고 누워있는 아이를 보니 머리끝까지 화가 났다. 물론 이번엔 모든 잘못이 선생님에게 있다고는 할 수 없지만, 아이가 어린이집에 있는 동안 건강하게 돌보는 것이 선생님의 책임이지 않은가?

"어떻게 이런 아이를 돌볼 수 있어요? 저는 못 합니다"

돌아오는 원장님의 매몰찬 목소리에 내 마음이 무너져 내렸다. 아들을 위해서 라고는 하지만 어린이집 임원으로 활동하면서 크고 작게 어린이집에 봉사도 하면서 좋은 관계를 쌓기 위해 노력해 왔는데 차가운 말 한마디에 말문이 막혔다. 사고는 어린이집 안에서 일어났는데 쫓겨난 건 우리였다. 너무 분하고 억울했지만 어쩔 수 없다고 생각했다. 엄마인 내가 아들을 더 잘 보살피면 된다고 좋게 생각하기로 했다. 하지만 이런 나의 억울한 사정을 들은 지인들은 분개했고, 이 내용을 방송국에 제보하게 됐다. 순식간에 일이 너무 커져 버렸고, 나는 어린이집에도 미리 전화해서 상황을 알렸다. 그렇게 처음으로 기자 앞에서 인터뷰하게 됐다. 뉴스에 나온 나의 인터뷰는 고작 4초였고, 시설을 집중적으로 보도했다. 이 사건이 있고 나서 우리 가족의 생활은 완전히 바뀌었다.

낮에 다른 아이들이 어린이집에 가면 애들을 데리고 나왔고, 어린이집이 끝날 시간이면 집에 들어가 두문 분출했다. 행여 어린이집에서 일어났던 사고처럼 내가 못 본 사이에 다른 아이들이 아들에게 위험한 음식을 건넬 수도 있고, 과자나 초콜릿 같은 우유가 들어간 음식을 만진 상태로 아들과 접촉하는 상황이 일어날 수도 있다고 생각했다. 마찬가지 이유로 지인들과도 점점 거리를 두기 시작했다. 사람들을 만나기 좋아해서 집에도 자주 지인들을 초대하던 나였지만, 다른 선택지가 없었다. 그저 아들이 사고가 날까 봐 그게 너무 두려웠다. 그래서 될 수 있는 한 모든 사람을 전부 피하고 싶었다. 하지만 두려웠던 그 순간을 온전히 아이들과 함께 견뎠다. 그 시간 동안 아이들과 함께 건강한 음식을 만들고, 매일 좋은 책을 읽었다. 울고 웃으며 아이들과 시간을 보냈다. 조금씩 내 안에서 좋은 방법을 하나둘 찾아가면서 쓰라린 아픔에서 서서히 벗어나기 시작했다. 하지만 1년 후 우리는 이사를 하기로 했다. 너무 정들었던 곳이었지만 이전의 사건으로 인해 그곳이 추억의 장소가 아닌 악몽 같은 곳이 돼버린 터였다. 마음을 비워내고 좋은 감정을 채워 넣었지만, 불쑥 터져 나오는 내 안의 슬픔은 가끔 나를 힘들게 했다. 새로운 장소에서 새롭게 시작하려고 했지만 쉽지 않았다. 조심조심 주변을 살폈고, 뒤뚱뒤뚱 걷는 아이처럼 모든 게 더디기만 했다.

시간이 흘러 가족 모두 조금씩 예전의 모습을 찾아갔다. 그러던 중 다시금 방송에 출연하게 될 기회가 생겼다. 시사매거진 2580이라는 프로그램이었다. 식품 알레르기의 위험성을 주제로 영상을 제작한다고 했다. 첫 번째 방송은 내 의지가 아니었지만, 이번에는 달랐다. 그동안 내 안에 힘이 조금씩 생겨서 우리 아들과 같은 친구들을 돕고 싶었다. 알레르기 쇼크의 심각성을 조금이나마 알려야겠다는 생각에 나는 방송에 한 번 더 출연하기로 했다. 그때는 짧은 인터뷰가 다였지만 이번엔 알레르기 아이를 키우는 엄마들의 실정을 보여줘야 한다는 말에 집 앞 마트에 가서 알레르기 있는 아들을 위해 장을 보는 장면을 찍었다. 장면을 찍으면서 중간중간 인터뷰도 했다. 그 어색함은 이루 말할 수가 없었다. 시선을 어디에 둬야 할지? 뭐라고 말해야 할지? 그냥 앉아서 인터뷰하는 것과는 차원이 달랐다. 그리고 동네 사람들이 수군수군하면서 주변을 지나다니니 민망하기도 했다. 하지만 아들을 위해 아니 알레르기로 고생하는 다른 분들에게 조금이나마 보탬이 되고자 하는 마음으로 열심히 촬영에 임했다. 촬영해주시는 분이 잘 이끌어주셔서 즐겁게 촬영을 마쳤다. 하지만 똑같은 장면을 꼬박 2시간 넘게 계속 찍었던 기억이 난다.

그렇게 촬영을 마치고 함께 점심을 먹었을 때 놀라운 사실 하나를 알게 되었다. 촬영 스태프의 이야기였다. 강아지가 정말 많았던 곳을 촬영 나간 적이 있었는데 이유 없이 눈과 얼굴 쪽이 점점 부어올라서 회사를 며칠 못 간 적이 있다고 한다. 나중에 알고 보니 애완 알레르기가 있다는 사실을 알게 되었다고 한다. 그 순간 느껴진 묘한 동질감이란… 알레르기가 비단 우리 아들만의 문제는 아니었다는 사실에 촬영하길 잘했다는 생각이 들었다.

알레르기 카페 운영진 몇 분과 내가 촬영한 영상은 2016년 8월 21일 〈MBC 시사 매거진 2580〉에 나왔다. 제목은 "유난 떠는 게 아니에요"라는 제목으로 소개되었다. 예고편에 내가 아들에 대해 인터뷰를 하면서 우는 장면이 나왔다고 주변 분들이 알려주셨다. 나뿐만 아니라 같은 고충을 겪고 있는 알레르기 카페 회원분들과 함께 출연한 방송이었다. 신기하게도 그날 네이버랑 포털 사이트에 뜨겁게 이슈로 떠오르며 댓글도 수천 개가 달렸다. 자극적인 방송이라는 평가가 아니라 많은 분이 우리의 이야기를 충분히 공감하고 이해해 주시는 모습에 정말 감사했다. 그리고 이 방송을 통해 선진국에서는 알레르기에 대해 어떻게 대처하고 있는지 여러 가지 사례를 한국의 현실과 비교해 설명해 주었기 때문에 한국도 더 나아질 수 있다는 희망도 전할 수 있었다. 비록 소수의 문제라는 인식으로 시청률이 잘 나왔는지는 모르겠지만 말이다. 사실 내가 바란 건 사회적인 이해와 배려였다. 무턱대고 "우리에게 무엇을 해주세요"라고 우기는 게 아니다. 인간은 누구나 평등하고 행복을 추구할 권리가 있는데 나는 그동안 아픈 아이를 기르며 숨죽이고 눈치를 보며 살아왔다. 내 아이뿐 아니라 아파하는 모든 아이를 위해 내가 할 수 있는 일이다. 누구에게는 웃음거리로 치부될지 모르는 이 일을 알리는 것이었다. 알려져야 배려도 구할 수 있고 그래야 사회 속에서 함께 살아갈 수 있으니까 말이다.

꿈꾸는 엄마는 세상보다 단단하다

방송 출연을 결심한 뒤로 2019년 1월에는 MBC 뉴스에 출연하게 되었고 점점 알레르기에 대해 아시는 분도 늘어났다. 더불어 쇼크에 대해 인식하는 분들도 늘었다. 그리고 방송 이후 세알 카페에도 고맙다는 격려의 글과 돕고 싶다는 댓글이 넘쳐났다. 나의 각종 SNS에도 진심 어린 응원과 함께 도움을 주고 싶다는 분이 많았다. 그분들은 알레르기로 고통받고, 차별받는 아이들의 현 상황을 진심으로 안타까워했고, 걱정해 주었다. 개선 방법을 함께 모색해 보자는 분들도 많았다. 이분들을 통해 내가 더 열심히 활동하면 더 많은 분의 알레르기에 대한 인식이 바뀔 거라는 확신이 생겼다.

함께 만들어 가는
기적

"저는 우유 알레르기 쇼크를 가지고 있는 아들을 키우고 있습니다"

국회 보좌관을 만나 인터뷰한 내용이 내가 보는 눈앞에서 펼쳐졌다. 눈은 모자이크 처리되어 가려졌고 나의 목소리는 떨리고 있었다. "제발 정책 개선이 절실합니다"라고 말하고 울어버리는 부분을 보니 또 눈물이 났다. 전달받은 파일을 보면서 여러 가지 생각에 잠겼다. 처음엔 담담하게 이야기를 해나가다가 끝내는 울어서 뒷말이 흐릿해지는 나를 보니 만감이 교차했다. 그 일이 있고 난 뒤 얼마 되지 않아 정말 반가운 소식을 들을 수 있었다. 남편이 카카오톡으로 기사를 보내주었는데 내용은 다음과 같다.

국회 교육문화체육관광위원회는 지난달 28일 전체회의를 열고 보건 교사의 투약(주사 등) 처치 허용을 골자로 한 학교보건법 일부 개정 법률안을 통과시켰다. 이에 따르면 법 제11조에 '학교장은 사전에 학부모 동의와 의사의 조언을 받아 보건 교사로 하여금 제1형 당뇨로 인한 저혈당 쇼크 또는 아나필락시스 쇼크로 인한 위급 학생에게 투약행위 등 응급처치를 제공하게 할 수 있다'는 조항이 신설됐다. 〈2017.10.17. 한국 교육신문 기사 발췌〉

이 기사를 보고 너무 기뻤다. 이제 헐레벌떡 학교에 뛰어가지 않아도 된다. 혹시 아이가 위급한 일이 생겨도 보건 선생님이 주사를 놔줄 수 있게 된 것이다. 소아 당뇨를 겪고 있는 아이들이 고통스럽게 스스로 자가 주사를 하는 것과 함께 알레르기 쇼크 아이의 주사 처치도 함께 통과되었다. 나의 눈물 어린 인터뷰가 정책을 바꾸는 데 조금이나마 도움이 되었다는 생각에 가슴이 벅차올랐다. 아주 큰 산 하나 넘은 것 같아 온갖 에너지가 샘솟는 기분이었다. 그리고 더 좋은 일이 그 이후에 벌어졌다. 2018년 12월 드디어 알레르기 쇼크에 대해 국회에서도 자리가 마련된 것이다. 이름하여 '식품 알레르기 아나필락시스 쇼크 어떻게 할 것인가?'라는 주제로 아동, 청소년의 생명권과 교육권 보장을 위한 국회 토론회가 열리게 된 것이다. 날짜는 2018년 12월 13일 목요일로 잡혔다. 국회에서 우리 이야기를 들어주는 건 정말 이례적인 일이다.

그동안 알레르기 쇼크에 대한 문제가 뉴스와 방송을 통해서 많이 알려졌기 때문이었을까? 나의 인터뷰 그리고 함께해준 카페 회원들의 노력으로 여기까지 왔다는 생각에 눈시울이 붉어졌다. 또한 정치하는 엄마들이라는 단체가 있었기에 가능했던 일이라고 생각했다. 힘들게 찾아온 기회인 만큼 더욱 잘 활용해야만 했다. 나는 바로 카페와 블로그에 글을 올렸다. 많은 분이 이 자리에 와서 자리를 빛내주면 우리 이야기가 더 많이 전달될 거로 생각했기 때문이다. 이 소식을 들은 많은 회원분들은 너무 기뻐했다. 늘 은둔형 외톨이처럼 아이만 바라보며 힘들게 살아온 시간이 살짝 보상되는 느낌이었다. 전국 각지에서 오신다는 분들이 늘어났고 블로그에 댓글로 응원을 보내주시는 분들도 많아졌다.

나와 세알 운영진 중 한 명은 발표할 기회까지 생겼다. 이것은 다시 오지 않을 찬스였다. 토론회 자료를 준비하고 엄마들의 인터뷰를 모아서 사례집을 만들었다. '사례를 통해 보는 알레르기 환아의 고통'이 내가 발표할 주제였다. 너무 안타까운 사례가 많아 정리하는 도중 눈시울이 붉어졌다. 알레르기를 가진 아이라는 이유로 사회에서 부당한 처우를 당해도 참아야 하는 일이 너무 많았기 때문이었다. 아이가 행여 무슨 일이 생길까 봐 집 밖으로 외출하기도 힘든 엄마들이 한둘이 아니었다. 아이를 위해 기꺼이 자신의 경력을 포기한 이야기를 보면서 나만의 문제가 아니라는 생각이 더욱더 강하게 들었다. 사례와 대안 제시 그리고 그에 따른 효과까지 작성하며 심혈을 기울여 자료를 완성했다. 카페의 많은 분이 참여해주시고 좋은 자료들을 제공해주니 천군만마를 얻은 느낌이 들었다. 함께 활동 중인 알레르기 생활 연구소에서도 토론에 대비해서 우리의 현실과 그에 따른 정책 제안에 초점을 맞춰 자료를 모으고 토론회를 위해 함께 힘을 보태주었다.

2018년 12월 13일 목요일! 하늘에서도 우리의 발표를 축하했다. 정말 많은 눈이 펑펑 내린 것이다. 국회의사당 앞은 하얀 눈이 소복이 쌓였고 조금만 걸어도 미끄러웠다. 한 손엔 자료를 들고 두툼한 코트를 입은 나는 뒤뚱거리며 천천히 그 길을 따라 걸었다. 난생처음 국회 입성이라니… '아들의 알레르기 덕분에 참 많은 경험을 하게 되는구나'라고 생각했다. 그동안 준비한 자료들을 몇 번이고 다시 읽었다. 국회에 들어가기 위해 신분증을 보여주고 간단한 검사대를 통과했다. 처음 겪는 일이라 어색하고 이상했다. 우리가 배정받은 자리는 국회의원회관 제7 간담 회의실이었다. 도착해보니 많은 분이 이미 와계셨다. 사진 촬영을 위해 준비하고 계신 분도 두세 명 눈에 띄었다. 이미 긴 원탁에 마주 보고 자리가 배치되어 있었다. 각자의 자리가 배정되어 있어서 들어가자마자 자리를 찾아 앉았다. 국회의원과 각 정책과장의 자리는 왼편이었고, 발제자 두 분을 비롯해 우리 자리는 오른편에 있었다. 시간이 지날수록 전국 각지에서 모인 세알 카페 회원들과 이 정책에 관심을 가지고 계신 연구원과 선생님, 다양한 계층의 많은 분이 자리를 채워주셨다. 말하지 않아도 눈빛만 보아도 통하는 우리였다.

눈이 엄청나게 내려서 국회 토론회가 살짝 지연되는 상황이 벌어지기도 했지만, 정치하는 엄마들의 진행으로 토론회가 시작되었다. 식품 알레르기 환·아동의 삶과 정책적 요구에 대한 내용이었다. 이어서 식품 알레르기 질병의 이해와 사회적 의미에 대한 설명도 이루어졌다. 이미 국가적으로 주요 알레르기 항원인 식품에 대한 표시제를 법제화하여 시행 중이다. 하지만 그에 따른 적용 범위와 효율적인 운영이 미흡하다는 점이 문제였다. 그것을 위해서는 그에 맞는 지속적인 교육과 제도 개선이 필요함을 강조했다. 발제를 통해 토론회의 쟁점을 알게 되었고 이제 실제로 어떻게 정책 반영을 할지가 관건이었다. 교육부와 복지부, 소방청, 119구급대, 그리고 식약처 등 실무자들의 현재 상황에 대한 발표와 향후 계획이 이어졌다. 그중 한 가지 기쁜 소식이 있었다. 보건복지부와 소방청은 1급 응급구조사 자격증을 갖춘 구급대원이 의사 지도로 에피네프린 등을 직접 투여하는 '스마트 의료지도'를 시범적으로 진행 중이라고 했다. 기존 응급구조사 업무 범위를 넘어선 활동을 임시로 허가해 응급환자 생존율을 높이겠다는 취지였다. 실제 2015~2017년 사업 결과 응급구조사가 광범위한 의료 활동에 나서자 심정지 응급환자 의 현장 회복률이 시범사업 전인 2014년보다 2.7배 높아졌다고 한 다. 또한 이러한 본 평가를 바탕으로 사업대상과 범위를 확대 시행 하기로 논의 중이라고 했다. 그 범위에 아나필락시스 쇼크도 포함 되어있다고 했다. 소방 구급대원의 초동대응만 원활해진다면 식품 알레르기로 인한 환·아동의 쇼크도 더 신속하게 대처가 가능해진 다는 것이다. 이 소식에 자리에 함께한 모든 분이 기쁜 마음으로 환 호했다.

토론회인 만큼 패널 외에도 자리에 참석한 분들도 발언권을 얻어 자신의 의견을 제시할 수 있었다. 그동안 힘들었던 문제들을 하나 둘씩 꺼내는 동안 그 자리는 점차 눈물로 뒤범벅이 되었다. 발표하 는 소리와 흐느끼고 오열하는 소리가 토론회장을 가득 메웠다.

마지막으로 나의 차례가 다가왔다. 주어진 시간은 단 8분! 알레르 기 아이를 키우면서 힘겹게 하루하루 버텨 나가는 엄마들의 대화가 나의 발표의 핵심이다. 울고 계시는 분들이 많아진 탓인지 나 또한 눈물이 왈칵 쏟아질 뻔했다. 애써 마음을 달래고 차분히 발표를 이어나갔다. 우선 알레르기에 대한 올바른 인식이 필요하고 공통으로 적용 가능한 매뉴얼이 갖추어져야 하며 그런 매뉴얼을 통해 응급 상황 발생 시 응급 주사를 놔줄 수 있는 법적인 시행권자 확대가 시급함을 알렸다. 발표를 마치고 난 뒤 조금은 아쉬운 느낌이 들었다. 너무나도 짧았던 시간. 시간이 어떻게 흘러갔는지조차 기억이 나지 않을 정도였다. 펑펑 내리는 눈 속에서 이 자리를 빛내주신 분들과 손을 잡고 감사 인사를 나눴다. 모두 하나같이 나에게 고맙다는 인사와 함께 고생했다는 말을 덧붙여 주었다. 악수하고 이야기를 나누는 동안 내 마음은 점점 뜨거워졌다. 팅팅 부은 눈으로 환한 미소를 짓고 있는 분을 보자마자 덥석 포옹했다. 마음이 너무 아프면서도 벅차올랐다. 만약 내가 혼자만의 일이라 생각하고 세상과 단절되어 살았다면 어땠을까? 그랬다면 오늘 같은 자리는 영영 없었을 것이다.

하지만 법안이 통과될 때까지 끝난 게 아니다. 식품 알레르기 환자의 보호자 외에도 2차, 3차 보호자가 절실하다. 부모, 교사, 보육자, 친구, 주변 지인과 의료진 등 사회 속 모두에게 식품 알레르기의 예방과 관리에 대한 교육과 증상 발현 시 도움을 줄 수 있도록 준비가 필요하다. 알레르기 환자는 점점 증가하고 있다. 내 가족이

꿈꾸는 엄마는 세상보다 단단하다

될 수도 있고 내가 사랑하는 연인이 될 수도 있다. 나는 아니니까 상관없다는 생각보다 하나의 울타리처럼 서로서로 지켜봐 주고 애정 어린 시선으로 배려해 주어야 한다. 반딧불이가 개체가 아닌 서로 연결된 집단으로 모여서 빛을 발할 때 엄청난 힘을 발휘하듯 우리도 마찬가지다. 우리는 함께 하는 기적을 믿는다. 그 기적의 좌표를 따라 행복으로 나아간다.

제**3**장

꿈꾸는 엄마는
세상보다
단단하다

이제는
날아오를 시간

"정말 대단해. 끊임없이 움직이네. 쉬지를 않아. 대체 그 열정은 어디에서 오는 거야?"

사람들은 내게 말한다. 에너자이저냐고? 사실 나도 힘들다. 아들이 7개월 때 알레르기가 있다는 걸 안 순간부터 119 맘으로서 살아왔다. 나 아니면 누가 할 수 있을까? 시설에서 아들이 사고가 날 때마다 달려갔다. 당연히 엄마라면 해야 하는 나의 숙명 같은 것이었다. 그때는 힘들었지만, 이제는 안다. 그 힘든 시간을 이겨내면서 아들과 내가 성장했다는 사실을 말이다. 울기만 하던 아들은 어느덧 훌쩍 자라서 나와 깊이 있는 대화를 나누고 있었다. 그러면서 나

꿈꾸는 엄마는 세상보다 단단하다

는 조금씩 마음의 안정을 찾아갔다. 그래서 그동안 내가 하고 싶었던 일을 조금씩 시작해보기로 마음먹었다. 물론 엄마로서의 내 인생이 행복하지 않았던 것은 아니었다. 다정한 남편의 아내로, 착한 아이들과 함께 살아온 엄마로서의 생활이 불만이었던 것도 아니다. 나는 단지 그 앞에 '꿈꾸는'이라는 수식어를 붙여주고 싶었다. 근사한 무엇인가를 꿈꿨던 것은 아니다. 그저 나로서 행복하게 살아갈 수 있는 방법을 찾고 싶었다. 나의 꿈꾸는 날개짓은 그렇게 시작되었다.

맨 처음 시도한 것은 블로그에 글쓰기였다. 닉네임 앞에도 '꿈꾸는'을 붙여서 변하고 싶은 내 마음을 표현했다. 아이를 키우면서 외출이나 기타 활동을 하기는 사실상 어려웠기 때문에 나에게 블로그는 사람들과 소통하기에 좋은 장이 되어 주었다. 블로그에는 육아와 아이들 교육 그리고 요리에 관련된 레시피를 하나, 둘 올렸다. 주로 아들을 위한 빵이나 과자 쿠키 등 디저트 레시피였다. 특히 레시피는 알레르기가 있는 분들은 물론이고 건강한 레시피를 원하는 분들에게 인기가 있었다. 좋은 정보도 얻고 사람들과 댓글을 주고받는 게 너무 행복했다. 그러면서 나는 점점 블로그에 빠져들었다. 그리고 다른 사람들이 자신만의 꿈을 가지고 열정적으로 살아가는 모습도 간접적으로 볼 수 있었다. 그런 모습은 나에게 큰 동기부여가 되었다. 하지만 아들이 예기치 못한 상황에 알레르기 쇼크가 일어나다 보니 나의 감정은 온전하지 못할 때가 많았다. 아들이 피부가 좋을 때는 괜찮았지만, 피가 날 정도로 긁거나 아파할 때는 나도 너무 힘들었다. 하루에도 아들의 몸 상태에 따라 몇 번씩 기분이 좋았다 나빴다를 반복하다 보니 감정 기복이 심할 수밖에 없었다. 그러다 보니 약간의 우울증 증세도 찾아왔다. 하루 종일 멍하니 앉아 있는 경우도 많아졌다. 그걸 걱정했던 남편이 병원에서 치료를 받고 약도 먹어보는 게 어떻겠냐며 권하기도 했지만 그렇게 하고 싶지 않았다. 약에 의존하고 싶지 않았기 때문이다.

이런 상황에서 유튜브 영상들이 내 생활을 바꾸는 데 큰 역할을 했다. 그중에서도 김미경 원장님과 김유라 작가님의 영상이 많은 도움이 되었다. 모든 주부, 엄마들이 각자의 고충을 안고 살아가는 모습은 내가 현실을 받아들이는 자세를 다르게 만들었다. '왜 나만 이래? 왜 나만 이렇게 힘든 건데?'라며 현실을 원망하던 내게 이 상황을 딛고 이겨내야겠다는 생각을 하게 해 주었다. 우리 모두 그렇게 살아가고 있으니까 말이다. 또한 체인지, 그라운드와 『뼈아대』라는 채널의 영상들은 내게 데일리 리포트라는 방법을 제시해 주었고, 이 방법을 통해 하루를 체계적으로 계획할 수 있었다. 그렇게 나의 하루를 적어보면서 나에게 맞는 목표를 세우고, 그 목표를 위한 작은 실천 방법들을 적으니 하루가 알차고 풍요로워졌다. 그러면서 나름 바쁘게 살고 있다고 생각했던 나의 일상에 남는 시간이 보이기 시작했다. 그렇게 처음 시작한 것이 미라클 모닝이다. 가족들이 자는 시간을 활용하면 좋겠다고 생각했기 때문이다. 하루를 더 일찍 시작하면서 글도 쓰고 책도 읽으며 나만의 시간을 가졌다. 미라클 모닝에 차츰 익숙해지고, 더 많은 일에 도전하고 싶다는 생각이 들었다. 하지만 아무리 데일리 리포트를 통해 계획을 잘 세워도 좀처럼 동기부여가 잘 되질 않아 흐지부지되는 경우가 많았다. 그래서 온라인 단톡방으로 운영되는 콘텐츠 생산자라는 프로그램에 참여하게 되었다. 내가 썼던 데일리리포트를 바탕으로 자신의 하루를 디자인하고 여러 사람에게 공개적으로 선언하는 형식이었다. 그 방에는 60명도 넘는 사람들이 각자의 목표를 위해 함께 하고 있었다. 매일매일 1년 동안 꾸준히 출사표라는 이름으로 나는 하루 계획표를 작성했다. 그리고 단체 톡 방에 인증했다. 그리고 이 프로그램에 참여했던 경험을 바탕으로 나만의 프로그램을 만들게 되었다. 2020년 1월에 시작한 이 프로그램은 꾸준히 이어지고 있다.

그 뒤에도 혼자 할 수 있는 것도 있었지만, 다양한 사람들과 함께 어울릴 수 있는 프로그램에도 눈길이 갔다. 그렇게 참여하게 됐던 것이 『습관 홈트』라는 프로그램이었다. 실천 가능한 나만의 좋은 습관을 만들어 가는 프로그램인데 3년이 지난 지금도 이어가고 있다. 2019년 연말에는 프로그램 운영자의 부탁으로 연말 세미나에서 짧게 강연을 하기도 했다.

그다음으로 참여했던 프로그램은 아레테 인문고전 아카데미다. 블로그에서 이웃이었던 분과의 인연으로 스텝으로서 활동하게 됐다. 독서를 통해 아이들의 호기심을 자극하고 생각하는 힘을 키워주겠다는 운영자의 방침이 아주 마음에 들었다. 그렇게 1년 넘게 함께 하면서 나 또한 많은 강의를 들었다. 딱딱하고 어려울 거란 생각과는 달리 고전 읽기는 생각보다 흥미롭고 재미있었다. 내가 배운 것을 아이들과 함께 이야기하면서 고전을 즐겁게 읽고 느낄 수 있었다. 아들도 힘들거나 어려운 일이 생기면 고전에 나온 주인공처럼 나도 이겨낼 수 있다고 자신만만해했다. 이런 작은 변화를 보면서 아들처럼 아픈 친구들을 위해 심리적인 안정과 도움을 줄 수 있는 것은 책이라는 생각에 내가 뭔가 할 수 있는 게 없을까? 고민했다. 그러던 중에 아이들이 재학 중인 초등학교 독서 동아리에서 주관했던 심리 독서 지도사 과정 강의를 듣게 되었다. 왜냐하면 책을 통해 아이들의 마음을 매만져주고 아이들과 소통할 수 있다는 점이 너무 맘에 들었기 때문이다. 덕분에 다양한 심리 이론을 짧게나마 배우고, 조금 더 아이들에게 접근하는 방법을 익힐 수 있었다.

다양한 프로그램에 참여하고 사람들과 소통하는 즐거움을 느끼면서 유튜브에 흥미를 갖게 됐다. 그러면서 키네마스터라는 영상 편집 프로그램에 대해 알게 됐고, 강의까지 듣게 됐다. 그 과정에서 직접 영상을 제작해 보는 시간도 가지게 되었다.

이런 다양한 프로그램들 속에서 새로운 인연들을 맺으면서 내 주변은 점점 꿈을 가지고 도전하고 노력하는 분들로 가득 채워지게 되었다. 그 덕분에 나도 더 전진할 힘을 얻는다.

돌이켜 보면 아들의 알레르기는 나를 힘들게 하기도 했지만, 그로 인해 더욱더 많은 것을 알게 해 주었다. 우유 알레르기는 내게 우유가 없는 세상을 알려줬고, 난 우유가 없는 세상에서도 아들에게 맛있는 요리를 해주고 싶었다. 덕분에 세상에 없었던 레시피를 만들어 내기도 했고, 제과제빵도 배우게 됐으니 말이다. 만약 아들이 아무거나 먹을 수 있었다면 절대 새로운 것에 대해 도전하지 않았을 것이다. 그만큼 힘들었지만, 아들이 행복하게 먹는 모습을 보는 것이 나에겐 큰 기쁨이었기 때문에 계속 나아갈 수 있었다.

그리고 알레르기 쇼크는 오프라인 활동밖에 모르던 내게 온라인 활동을 할 수 있는 계기도 만들어 주었다. 블로그를 시작으로 다양한 활동을 하면서 많은 사람을 만났으니 말이다. '사람을 좋아하고 사교적인 내가 만약 아들의 알레르기가 없었다면 어땠을까?' 온라인 활동보다는 새로운 세상을 알게 되고, 그 안에서 새로운 도전을 하게 된 것이 어쩌면 행운이 아닐까 하는 생각을 한다. 그로 인해 열정이 가득한 사람들을 만나고 소통하면서 새로운 꿈을 꾸게 되었으니 말이다.

'우리 엄마는 OOO이 되고 싶었지만... 결국엔 우리 엄마가 되었죠'

앤서니 브라운의 동화책 〈우리 엄마〉에 보면 위와 같은 지문이 나온다. 아이들과 그 책을 읽을 때마다 궁금했다. 엄마는 그냥 엄마로서 행복하면 끝인 걸까? 나는 엄마지만 새로운 나만의 이야기를 만들고 싶었다. 그래서 나는 지금도 어제보다 더 나은 내가 되기 위해 도전을 멈추지 않는다. 그래서 언젠가 날개를 펴고 훨훨 날아갈 것이다.

알레르기 아이를 위한
나만의 행복 레시피

　'우와! 블로그 방문자 수가 천 명이 넘었네!' 정말 놀라운 일이었다. 아들과 함께 요리를 만들거나 독서를 하는 모습들을 후기처럼 블로그에 정리해두곤 했는데, 그때 적었던 글들이 네이버 메인이나 핫 토픽에 종종 소개되곤 했다. 특히 블로그에 올린 글 중에서도 요리에 대한 것들이 인기가 있었다. 아이들과 함께 앞치마를 두르고 밀가루 반죽을 하며 깔깔대는 모습, 저마다 개성 넘치는 다양한 모양의 쿠키 등 우리 가족의 추억이 담긴 글들에 많은 댓글이 달렸다. '아이들과 함께 요리라니 대단해요', '와, 대박! 맛있겠어요', '아이들이 행복해 보여요'라는 댓글을 보면 절로 미소가 지어졌다. 처음에는 아이들과 하니 시간도 오래 걸리고, 다한 후에는 설거짓거리가 산처럼 쌓여 있었지만, 아이들과 함께 요리를 만드는 시간이 너무 즐거웠다. 사실 결혼 전에는 내가 이렇게까지 요리에 즐거움을 느끼게 될 거라고는 상상조차 할 수 없었다. 결혼 전 나는 절대로 이런 사람이 아니었기 때문이다.

2009년 10월의 어느 날이었다. 결혼을 앞두고 상견례 자리. 우리 부모님은 좌불안석이셨다. 왜냐하면, 내가 할 줄 아는 게 아무것도 없었기 때문이다. 나는 무남독녀 외동딸로 집안일과는 담을 쌓고 지냈다. 졸업 후에 계속 일만 했기 때문에 집안일이며 요리는 엄마의 몫이었다. 심지어 라면도 부모님이 끓여 주신 것만 먹었다. 내 손으로 음식을 한다는 건 상상조차 할 수 없던 일이었다. 그런 내가 결혼을 했다. 이제 스스로 요리를 해야 할 순간이 다가왔다. 하지만 할 수 있는 요리는 아무것도 없었다. 정말이지 막막했다. 처음엔 간단한 음식부터 만들어 보기 시작했다. 서툰 칼질과 생전 해보지도 않던 요리는 나에게 늘 새로운 도전이었다. 그런데 참으로 신기한 일이 일어났다. 요리가 의외로 재미있었고 그 덕분에 실력도 하루하루 일취월장했다. 어느 순간 나는 집들이 음식을 비롯한 양가 어른들의 생신상도 뚝딱 차려낼 수 있게 되었다.

그런데 이런 나도 아들이 우유 알레르기 쇼크가 있다는 것을 알게 되었을 때는 눈앞이 깜깜했다. '대체 뭘 먹여야 할까?' 안타깝게도 아이들이 주로 먹는 것 중에 우유가 들어가지 않은 음식은 찾기 어려웠다. 우유도 우유지만, 치즈나 버터 등 유제품 종류가 엄청 많았다. 흔히 먹이는 냉동식품에도 거의 다 들어가 있고, 아이들이 먹는 과자와 빵, 사탕, 초콜릿 등 다양한 제품에 우유 성분이 들어 있었다.

아들의 생일에는 더 난감했다. 멋진 케이크로 생일을 축하해주고 싶지만, 시중에 파는 케이크를 사줄 수도 없는 노릇이었다. 그래서 나는 우유가 들어가지 않는 아들만을 위한 생일 케이크를 만들어 보기로 했다. 한참을 고민하다가 생크림 케이크의 느낌을 내기 위해서 두부를 으깨서 생크림처럼 만들었다. 이렇게 두부 크림 케이크가 탄생했다. 그리고 케이크와 함께 어묵과 소시지도 직접 만들었다. 시중에 파는 걸 흉내 내서 만든 것치곤 겉모양은 꽤 그럴싸했다. 그렇게 시작한 아들의 생일 파티에서 내가 준비한 음식을 먹는 순간 스스로 실망하지 않을 수 없었다. 케이크는 두부로 만든 크림이 너무 두툼했는지 입에 넣는 순간 두부 한 모를 통째로 먹는 것 같은 느낌이었다. 그리고 야심 차게 준비한 소시지도 너무 뻑뻑해서 물이 없으면 도저히 삼킬 수 없을 정도였다. 하지만 아들은 아침부터 열심히 준비한 내 노고를 알아주기라도 하듯이 맛있게 먹어줬다. 그런 모습을 보면서 다음에는 모양만 흉내 낸 음식이 아니라 맛도 있는 음식을 해주고 싶다고 생각했다.

돌아보면 무식해서 용감했던 그런 시절이었다. 그때 나는 무조건 전진하는 불도저 같았다. 아들은 죄도 없이 내 맛없는 요리의 희생양이 되었다. 엄마가 해주는 요리가 제일 맛있다고 생각하고 먹어 온 아이! 돌아보면 조금 미안하기도 했다. 그래도 다행히 전투적으로 요리를 만드는 과정에서 내 요리 실력은 점점 늘었다. 하지만 난 공불락인 것이 있었다. 바로 과자나 빵 같은 디저트 종류였다. 아들도 그런 걸 먹고 싶은데 참고 있는 눈치였다. 그래서 나는 아이가 유치원에 들어갈 즈음에 제과제빵 학원의 문을 두드리게 되었다. '열심히 배워서 꼭 맛있게 만들어 줘야지' 그렇게 결심했다.

제과제빵 기술을 배우면서 정말 신세계에 왔다는 느낌을 받았다. 하루하루 너무 재미있어서 시간 가는 줄도 몰랐다. 힘들어도 힘든 줄 몰랐다. 아이와 함께 세상과 분리되어 하루하루 힘겨워하던 나에게 하고 싶은 무언가를 스스로 선택하고 배워 나간다는 것은 행복한 일이었다.

하지만 제과제빵 수업을 들으면서 깨달았다. 내가 여기서 배우는 요리 중에 아들이 먹을 수 있는 것은 거의 없었다. 과자와 빵에는 엄청난 양의 버터와 설탕이 들어갔다. 게다가 시험 배합에는 첨가물도 종종 등장했다. '다른 사람들은 이걸 아이에게 먹이겠지?' 맛은 있지만, 몸에는 썩 좋지 않은 배합이었다. 그래서 나는 일단 열심히 배운 다음에 아이가 먹을 수 있도록 좋은 재료로 바꿔서 만들어봐야겠다고 생각했다.

처음에는 취미로 시작한 것이었는데 어쩌다 보니 시험까지 보게 되었다. 2016년 2월 28일. 나는 떨리는 첫 시험을 아직도 생생히 기억하고 있다. 두근두근 떨리는 마음으로 시험장으로 향했다. 설레기도 하고 두렵기도 했다. 정말 다양한 사람이 모여 있었다. 모두 시험에 합격하겠다는 의지로 불타고 있었다. 그곳에는 나와 함께 수업을 받았던 어르신 한 분도 계셨다. 나는 그분을 선생님이라고 불렀다. 살짝 벗어진 머리 사이로 세월의 흔적이 보였다. 미소는 언제나 온화하고 여유로웠다. 실습할 때면 아빠처럼 다정하게 이야기해주시고 항상 나를 배려해 주시는 신사분이셨다. 우리는 환하게 서로를 향해 응원의 미소를 보냈다. 마지막에 그분이 엄지를 올리며 시험장으로 들어가셨다. 나도 같이 엄지를 올리며 우리의 합격을 기원했다.

'침착해야 한다. 배운 대로 열심히 하자' 나는 의지를 불태웠다. 온 신경을 하나로 모았다. 그 넓은 공간을 가득 채운 많은 사람이 한 가지 일에 집중하고 있는 모습은 나를 더 긴장시켰다. 정말 하루가 어떻게 지나갔는지도 모를 만큼 시험에 온 신경을 집중했다. 조리도구를 떨어뜨리지 않으려고 손끝에 힘을 주면서도, 감독관이 지나다닐 때는 수건으로 주변을 닦아가며 능숙한 척 연기를 했다. 심장이 너무 뛰었지만 침착하게 케이크를 완성했고, 그 결과 제과제빵 기능사 자격증을 취득할 수 있었다. 주부가 되고 처음으로 느껴보는 성취감이었다. 나는 여세를 몰아 케이크 장식과 디저트 실무 과정을 추가로 수강하기로 했다. 다양한 모양의 케이크 장식을 만드는 수업도, 타르트나 마카롱 같은 달콤한 디저트를 만드는 수업도 너무 즐거웠다.

그 뒤로 제과제빵과 관련된 여러 자격증까지 취득했지만, 나에겐 풀리지 않는 고민이 남아 있었다. 내가 배운 많은 디저트 중 정작 아들이 먹을 수 있는 게 거의 없다는 것이었다. 그래서 나는 천연 발효 빵 만들기, 마크로비오틱 햄버거와 샌드위치 만들기, 로푸드 등 더 다양한 분야에 도전해 보기로 했다. 이 중에서 로푸드는 날것, 생것을 의미하는 raw와 음식을 뜻하는 food가 합쳐진 단어로, 불을 사용하지 않고 45도 이하로 야채, 과일, 견과류를 조리한 생채식을 뜻하는 조리법은 알레르기 쇼크가 있는 아들에게 정말 딱 맞는 요리법이라고 생각했다. 수업을 듣고 난 뒤 나는 아들이 먹고 싶어 하는 도넛을 만들어 보았다. 아몬드와 오트밀, 코코넛 이 세 종류의 분말 가루를 섞어 반죽한 뒤에 틀에 넣어 냉동실에 굳혔다. 도

넛이 굳는 동안 아들이 좋아하는 라즈베리 잼도 만들었다. 이제 도 넛이 굳으면 준비한 잼을 도넛 안에 발라주기만 하면 끝이다. 과정 은 정말 간단했다. 하지만 결과는 처참했다. 도넛은 점성이 부족해 부서지기 쉬웠고, 맛 또한 아들이 원하는 맛은 아니었다. 처음 시 도한 레시피다 보니 보강해야 할 부분이 많았다. 그래서 나는 요리 법이 나와 있는 다양한 책을 잔뜩 구매했다. 그중에는 채식주의자 (Vegan)를 위한 책도 있었고 외국 서적도 있었다. 특히 외국 서적 중 에는 알레르기 프리 레시피 북도 있어서 신선하게 다가왔다. 그 책 은 우유는 물론이고 밀가루, 계란, 대두, 견과, 콩 등 알레르기를 일 으키는 항원을 포함하고 있는 재료를 전혀 사용하지 않는 레시피로 만 이루어진 책이었다. 그 뒤로 매일 그 레시피들을 참고해서 도넛 만들기에 다시 도전했다. 하지만 책마다 레시피와 재료, 배합비 등 이 조금씩 달랐기 때문에 요리책을 살펴보면서 재료를 하나씩 바꿔 보기도 하고, 재료의 배합비를 달리해가면서 해야 했다. 결과는 성 공적이었다. 도넛은 전보다 부서지지 않고 잘 뭉쳐졌다. 전에는 식 감도 좋지 않고 겉돌았는데, 이제는 촉촉하면서도 고소한 맛이 느 껴졌다. 나중엔 아이들이 먹기 좋게 볼 형태로 만들어 줬더니 홈런 볼 같다며 좋아했다. 이걸 시작으로 빵, 쿠키, 케이크 등 여러 레시 피를 나만의 레시피로 만들어 갔다.

그렇게 여러 가지 레시피를 연구하면서 이제는 아들뿐만 아니라 내 주위의 많은 분을 위해 건강하고 맛도 좋은 요리를 만들어 보고 싶다는 열망이 생겼다. 그래서 내가 만들고 있는 레시피가 어느 정도 완성되면, 요리 유튜브 채널을 오픈할 계획이다. 그걸 통해 알레르기가 있는 사람은 물론, 누구든 건강하고 맛있게 먹을 수 있는 음식을 만들고 알리는 게 나의 목표다. 고맙게도 내 주위에는 많은 분이 내 꿈을 응원해 주고 있다. 내가 쿠킹 클래스를 진행할 수 있도록 언제든지 가게를 빌려준다는 분도 있고, 알레르기 항원이 들어가지 않은 빵과 과자를 함께 만들어 보자는 전문 제과제빵사도 있다. 또한 건강한 요리를 함께 만들어 보자는 요리전문가도 있다. 비록 지금은 모든 게 시작 단계에 있지만 이런 분들과 함께라면 분명 내 꿈도 이룰 수 있을 거라고 믿는다.

꿈꾸는 엄마는 세상보다 단단하다

자신을 바꾸는
마법

'다이어트는 내일부터 하지 뭐'

　결혼 전에 내가 즐겨 입었던 원피스를 오랜만에 꺼내 입었다. 낑 낑대며 간신히 지퍼를 올리긴 했지만, 숨이 턱 막혔다. 결혼 전보다 살이 조금 쪘다고 느끼긴 했지만, 이 정도 일 줄은 몰랐다. 특히 볼 록 튀어나온 뱃살이 유독 나의 눈에 띄었다. 그때 다이어트한다고 사놨던 다이어트 셰이크와 아령이 머릿속에 떠올랐다. '그래! 이번 엔 다이어트에 꼭 성공하겠어!'라고 다짐했다.

　그날부터 먹는 것을 줄이면서 저녁에는 셰이크로 밥을 대신했고, 아령으로 열심히 운동도 했다. 하지만 이런 생활은 오래가지 않았다. 어느샌가 나의 생활은 다이어트를 하기 전으로 돌아가 있었다. 두 아이를 돌보며 집안일을 하느라 바쁜 것도 있었지만 딱히 운동할 시간이 없었던 것은 아니었다. 그런데도 난 스스로 핑계를 대며 운동보단 휴식을 선택했다. 여기엔 '애 키우는 아줌만데 뭐 이 정도면 날씬하지'라는 말도 안 되는 합리화도 한몫했던 것 같다. 이런 식으로 다이어트에 실패한 게 이번이 몇 번째인지 이젠 기억조차 나질 않는다.

독서와 글쓰기도 마찬가지다. '매일 책을 1페이지라도 읽고 글도 써야지'라고 생각하지만, 집안일을 마치고 아이들까지 재우고 나면 내 발길은 자연스레 침대로 향한다. 간혹 시간이 남아도 마찬가지였다. 푹신푹신한 소파에 몸을 기댔고, 어느새 두 손은 핸드폰을 만지작거리고 있었다. 온라인 쇼핑을 하거나, 음악이나 드라마를 유튜브 영상으로 보는 것으로 그 시간을 채웠다. 그렇게 하루를 보내고 나면 허무함이 밀려왔다. 그러지 말아야겠다고 다짐해도 그때뿐이었다. 달라지고 싶은데 어떻게 해야 할지 막막했다. 어떻게든 돌파구를 찾고 싶었다. 그러나 나의 간절한 마음과는 달리 좀처럼 좋은 대안이 떠오르지 않았다. 그러다가 우연히 눈에 들어온 것이 바로 신영준 박사의 『당신을 스스로 바꿀 수 있는 방법』이라는 10분 남짓한 영상이었다. 2016년 12월 31일 이수역 버스킹 강연에서 그는 먼저 새해 계획을 세운 사람은 손들어보라고 했다. 그리고 곧바로 2016년 반성을 하는 리뷰를 한 사람만 손을 들고 있고 나머지는 내려달라고 했다. 그러자 손을 들었던 사람 중 대부분이 슬그머니 손을 내렸다.

"여러분이 안 바뀌는 이유는 반성이 없어서예요. 맨날 계획만 세워!"

나는 이 영상을 보자마자 이거다 싶었다. 강연장에 있던 대부분의 사람처럼 나 또한 계획했던 일을 해내지 못했어도 왜 실패했는지에 대해서 스스로 피드백을 해본 적은 한 번도 없었기 때문이다. 왜 실패했는지, 내가 뭘 잘못했는지에 대한 통찰이 강한 동기부여를 가져다줄 수 있다고 생각했다. 그리고 어떤 식으로 계획을 세울 것인지 또한 중요한데 신영준 박사는 이 방법으로 데일리 리포트를 제안했다. 데일리 리포트란 쉽게 말해 하루의 계획을 시간 단위로 적어보는 것이다.

영상이 끝나고 나는 바로 다이어리를 폈다. 그리고 오늘 아침에 일어나서 자기 전까지 시간을 적어놓고 그 옆에는 무엇을 했는지 꼼꼼하게 적어봤다. 그렇게 적고 나니 생각했던 것보다 더 많은 시간을 낭비하고 있다는 걸 알게 되었다. 특히 TV와 유튜브, SNS에

소비하는 시간이 정말 많았다는 걸 알고 깜짝 놀랐다. 그리고 생각보다 내가 나에 대해 너무 몰랐다는 사실에 충격을 받았다. 내 나름대로 하루를 열심히 보내고 있다고 생각했는데 이렇게 자세히 들여다보니 아니었다. 그래서 적어놓은 일과표를 보며 내일을 위한 데일리 리포트를 작성했다. 쓸데없이 낭비하고 있던 시간을 줄이고, 내가 하고 싶은 것들을 넣어서 말이다. 이렇게 적어놓고 보니 하루 중 어디에서 나를 위한 시간을 만들 수 있는지 눈으로 금방 확인할 수 있었다. 그 뒤로 조금씩 내가 하고 싶었던 독서와 글쓰기, 운동으로 내 하루를 채워나갔다. 그리고 매일 밤 자기 전에는 꼭 데일리 리포트를 체크하며 스스로 반성하는 시간을 가졌다. 데일리 리포트에는 실천 정도에 따라 녹색, 노란색, 빨간색으로 표시했다. 특히 전혀 실행에 옮기지 못한 것은 빨간색으로 커다랗게 엑스 표시를 했다. 그리고 지키지 못한 자신을 스스로 꾸짖고 반성하며 다음엔 꼭 실천하리라 다짐했다. 이런 과정은 나에게 더 큰 동기부여를 가져다주었고, 덕분에 시간이 지날수록 데일리 리포터의 실천율은 점점 올라갔다. 게다가 색깔별로 표시를 해 놓으니 한 달 뒤에 다이어리를 펼쳤을 때 내가 잘 지킨 것과 전혀 지키지 못한 것을 한눈에 파악할 수 있었다. 이걸 통해 내가 어떤 부분에 취약한지 알 수 있었다.

꿈꾸는 엄마는 세상보다 단단하다

데일리 리포트를 적기 시작하면서 내가 달라진 점은 그동안 내가 무심코 흘러왔던 시간을 소중히 여기게 되었다는 것이다. 그동안 낭비했던 시간에 내가 진짜로 하고 싶은 일을 할 수 있었고, 덕분에 운동과 독서, 글쓰기를 매일 빠짐없이 할 수 있었다. 그리고 이렇게 바뀐 생활패턴은 나에게 많은 변화를 가져다주었다. 운동을 통해 몸이 건강해지면서 자신감도 생겼고, 체력도 좋아져서 쉽게 방전되거나 힘들지 않았다. 또 독서와 글쓰기를 하면서 관련 커뮤니티에 참여하게 되었고, 주말에 시간이 날 때면 오프라인 모임이나 세미나를 통해, 서로 교류하며 좋은 에너지를 주고받았다. 하지만 무엇보다도 아이들에게 더 많은 미소를 보일 수 있는 여유가 생겼다는 점이 가장 큰 변화가 아닐까 싶다. 이렇게 데일리 리포트는 쉽게 바뀌지 않던 나를 완전히 다른 사람으로 만들어 주었다.

그래서 이런 기분 좋은 변화를 나뿐만 아니라 다른 사람들과 함께하면 어떨까? 라는 생각을 하게 되었다. 그래서 블로그에서 친하게 지내던 지인을 통해 〈콘텐츠 생산자〉라는 프로그램에 참여해보았다. 그곳에선 데일리 리포트를 출사표라는 이름으로 매일 작성해서 단체 대화방에서 인증하고 있었다. 그분들과 함께 힘들 때는 서로를 위로하고, 잘 될 때는 서로 응원하며 더 나은 하루를 차곡차곡 쌓아나갔다. 혼자보다 여럿이 함께하니 정말 든든했다. 하지만 시간이 흐를수록 사람이 너무 많아져서 긴밀한 소통이 어려워졌다.

결국 운영자의 개인 사정으로 운영된 지 1년 만에 프로그램은 막을 내렸다. 너무 아쉬웠지만, 나중을 기약할 수밖에 없었다.

2018년 6월부터 적기 시작한 나의 데일리 리포트는 2020년 지금도 여전히 진행 중이다. 하지만 지금은 시간대별로 데일리 리포트를 적지는 않는다. 매일, 매주, 반복적으로 해서 일상 루틴처럼 돼버린 것들은 다이어리에 따로 적지 않고, 중요한 일들만 따로 적어서 관리하고 있다. 물론 자기 전에 하는 피드백만은 그대로지만 말이다. 그리고 2020년 1월부터는 '강동원 프로젝트'라는 커뮤니티도 만들어 운영하고 있다. 여기에서 강동원은 '강력한 동기부여로 원하는 바를 성취하는 우리들'의 약자로 동기부여가 필요한 많은 사람을 위해 만들게 되었다. '콘텐츠 생산자'에 참여했던 1년여간의 경험을 토대로 만들었지만, 콘텐츠 생산자와는 다르게 데일리 리포트를 작성하는 방법을 각자의 개성에 맞게 선택할 수 있도록 했다. 그래야 오랫동안 즐겁게 실천할 수 있을 거로 생각했기 때문이다. 그리고 소규모 인원만 모집했다. 너무 많은 인원보다는 가족처럼 챙겨줄 수 있는 소통 중심의 커뮤니티를 만들고 싶어서였다. 하지만 '콘텐츠 생산자'와 마찬가지로 서로의 부족함을 채우면서 함께 성장해 가는 것이 이 커뮤니티의 목표다.

그렇지만 이렇게 커뮤니티 속에서 많은 사람과 함께 노력해도 데일리 리포트에 적었던 대로 하루를 보내지 못하는 날이 있다. 아니 오히려 적었던 대로 하루를 보내는 날이 더 적었다. 그만큼 시간 단위로 세운 계획을 그대로 실천하기란 쉬운 일이 아니다. 하지만 내가 계획했던 그대로 하루를 보냈을 때의 그 기쁨은 직접 경험한 사람만이 알 수 있다. 조금의 낭비도 없이 알찬 하루를 보낸 뒤의 성취감은 어떤 것보다 값지기 때문이다. 혹시 당신도 계획한 일이 있다면 데일리 리포트를 적어보길 바란다. 그게 노트든, 다이어리든, 핸드폰 어플이든 상관없다. 그리고 하루가 지났을 때 그걸 보며 자신에게 물어봐라. 오늘 너의 하루는 어땠느냐고 말이다. 자신을 바꿔주는 마법! 그 성공의 열쇠는 우리 자신에게 달려있다.

꿈에 다가가는 시간,
미라클 모닝

새벽 6시 반, 따뜻한 차 한 잔을 손에 들고 또 한 손엔 책을 챙긴다. 행여 아이들이 깰까 봐 고양이처럼 살금살금 나만의 아지트로 향한다. 아지트라고 부르고 있긴 하지만 사실 베란다 한쪽에 작은 좌식 테이블을 놔둔 것이 전부다. 원래는 요리 식자재를 두는 창고였는데 아이들과 최대한 떨어진 공간을 찾다 보니 이곳을 선택하게 됐다. 그리고 나는 여기에서 아침마다 나를 위한 시간을 보내고 있다. 하지만 이런 생활패턴이 생긴 건 그리 오래된 일이 아니다.

과거에는 남편이 출근하고 나면 곧바로 침대로 돌아가 다시 잠을 청했다. 하지만 데일리 리포트를 적으며 나의 하루를 눈에 보이듯 그릴 수 있게 되자, '어떻게 하면 시간을 효율적으로 쓸 수 있을까?'

꿈꾸는 엄마는 세상보다 단단하다

에 대해 계속 생각하게 되었다. 그중 내가 제일 좋아하는 독서와 글쓰기를 하루 중 어디에 위치시켜야 할지가 가장 큰 고민거리였다.

데일리 리포트를 쓰기 전에 책 읽기와 글쓰기를 저녁 시간에 해본 적이 있었다. 아이들을 재우고 집안일을 빨리 끝내고 하면 되겠지? 하는 안일한 생각으로 도전했다. 그런데 생각보다 쉽지 않았다. 아이들은 어릴 때나 지금이나 여전히 손이 많이 갔다. 그리고 집안일은 왜 해도 해도 끝이 안 보이는 걸까? 막상 모든 일을 마치고 나면 아이들을 재우다가 깜빡 잠이 들기 일쑤였다. 눈뜨면 아침이었다. 겨우 아이를 재우고 일어나 나만의 시간을 가지려고 하면 그 순간 피로가 몰려왔다. 눈은 시리고 하품이 났다. 그래도 해봐야지 하면서 커피를 한 잔 마셔가며 책도 읽고 글도 써보았다. 결국 밤늦게 시작한 나의 시간은 새벽 늦게까지 이어졌다. 이런 날이 지속될수록 다음 날은 너무 힘들었다. 나의 데일리 리포트에는 점점 빨간 엑스 표시가 늘어났다. 결국 새벽 시간을 활용하는 쪽으로 마음을 돌렸다.

밤에 푹 자고 맞이하는 새벽은 가볍다. 알람시계를 맞추지 않아도 몸이 알아서 반응한다. 그 시간에 눈이 스르르 떠진다. 전날 쌓였던 몸의 피로가 말끔히 사라져서 기분도 상쾌하다. 머리는 맑고 개운하다. 이때 베란다 아지트에 가서 내가 좋아하는 차를 마시면서 책을 한 줄 읽으면 읽는 족족 흡수되는 느낌마저 든다. 아이들은 곤히 잠들어 있고 주변은 사방이 쥐 죽은 듯 고요하다. 처음에는 너무 신나서 어깨춤이라도 추고 싶은 심정이었다. 누구에게도 방해받지 않는 새벽 시간을 통해 진정한 자유를 느낄 수 있었기 때문이다.

하지만 그 자유시간도 아이들이 일어남과 동시에 끝난다. 아이들은 잠에 취한 얼굴로 재워달라고 칭얼거리기도 하고, 이것저것 물어보면서 다가온다. 이 시간에 엄마가 뭘 하는지 엄청 궁금한 모양이다. 계속 물어보고 이야기를 건넨다. 대화하다 보면 눈이 말똥 해져서 같이 놀아달라고 성화다. 이런 일은 한두 번이 아니었다. 내 마음은 이게 아니었는데... 결국, 혼자만의 고요한 시간이 아닌 왁자지껄한 아이들과의 시간으로 변해버린다. 그래서 아이들이 잠들어 있는 고요한 새벽 시간이 나에겐 더할 나위 없이 소중하게 느껴진다. 다음에는 새벽 시간에 제발 곤히 자기를 마음속으로 빌고 또 빌어본다.

아이들이 잠든 새벽은 고요하고 평화롭다. 주변이 고요한 탓인지 이 순간만큼은 독서에 온전히 집중하게 된다. 집중을 하다 보면 여러 가지 생각이 머릿속에서 계속 떠오른다. 그럼 그 순간 떠오르는 생각을 정리해 노트에 적는다. 가령 '인간 산문'과 같은 소설을 읽다 보면 첫머리에 어질러진 거리와 함께 등장인물의 절절한 심리묘사가 나온다. 그 부분을 보면서 아이들과 아수라장이 된 아침 풍경

꿈꾸는 엄마는 세상보다 단단하다

을 생각한다. 거리가 어지러운 만큼 우리 집도 어지럽고 주인공 문 오처럼 나도 눈을 감고 싶었다. 주인공과 나의 마음은 상황이 좀 다르지만, 마음은 같지 않을까? 소설은 굉장히 묘사가 환상적이고 절묘하지만, 나의 글은 웃기면서도 재미있다. 주부라면 누구나 공감할 수 있는 생활형 에세이는 이렇게 만들어진다. 그뿐만 아니라 시나 에세이를 읽다가도 문득 떠오르는 생각이 많을 때면 어느새 내 손은 자연스럽게 노트에 글을 쓰고 있는 게 아닌가? 나의 노트에는 장르 구분이 없다. 시나 소설, 에세이 같은 문학 작품을 통해 나만의 이야기를 만들면서 즐기기도 하고, 때로는 자기 계발서나 경제 관련 서적을 읽으며 간단한 메모를 하기도 한다. 그렇게 한 권의 노트를 가득 채웠을 때, 나의 이야기를 노트가 아닌 다른 곳에도 적어보고 싶은 생각이 들었다.

그래서 선택한 것이 바로 블로그다. 블로그 외에도 많은 SNS가 있지만, 전부터 아이들과의 일상을 블로그에 일기처럼 적어왔기 때문에 어렵지 않은 선택이었다. 또 블로그를 선택한 이유 중에는 사람들과의 소통도 있다. 온라인에서 소통이 무슨 의미가 있냐고 반문하실 수도 있겠지만 나의 경우는 달랐다. 집에 있는 시간이 많다 보니 자연스럽게 온라인으로 활동하는 경우가 많았기 때문이다. 그리고 블로그에도 여타 SNS처럼 이웃이라는 친구 시스템이 있는데 이미 많은 사람과 댓글을 통해 활발히 소통하고 있었다. 그래서 이 웃들과 나의 글에 대해서도 이런저런 생각을 나누며 이야기 하고 싶은 마음이었다.

매일 새벽에 글을 쓰고 그 글을 올린다. 그리고 블로그 게시판으로 가서 이웃들의 글을 하나하나 읽어보기 시작한다. 이웃들의 글을 읽고 있자면 또 다른 책을 읽는 느낌이다. 장르도 다양하다. 각자의 개성이 듬뿍 들어간 자작시나 소설 그리고 생활형 에세이는 보는 내내 눈을 떼지 못한다. 그리고 내가 좋아하는 운동과 독서 글쓰기에 대해 꾸준히 실천하시는 분들의 이야기가 가득하다. 부동산이나 기타 경제에 관련된 글들도 등장해서 나의 부족한 경제 지식도 깨우쳐 준다. 블로그 글을 하나하나 음미하며 읽으면서 공감 하트를 누르고 마음속에 담았던 말을 하나둘 꺼내서 댓글로 적는다. 그 순간 나의 블로그 글에도 공감 하트가 쌓이고 댓글도 하나둘 쌓여간다. 이러다 보면 서로 댓글로 대화를 주고받기도 하는데 이러면서 서로 친해진다. 이 과정이 너무 재미있어서 나도 모르게 점점 빠져들게 되었다. 내 생각보다 많은 사람이 내 글에 관심을 두었고 내 글에 대해 저마다 다른 생각을 댓글로 주고받으며 소통하는 상황이 매우 즐거웠다. 하지만 처음에 100명쯤이었던 이웃이 점점 더 늘어서 1,000명 가까이 되다 보니 나중엔 댓글을 달 시간조차 부족해지고 말았다.

꿈꾸는 엄마는 세상보다 단단하다

책을 읽고 글을 쓰는 것만 해도 2시간 이상 걸리는데 게다가 글솜씨가 좋은 이웃들도 늘어나 그분들의 글도 읽고 싶었지만 그러기엔 나에게 주어진 시간이 충분하지 않았다. 그래서 새벽 5시에서 새벽 4시로 급기야는 새벽 3시까지 일어나는 시간이 당겨졌다. 그동안 아이를 키우면서 부족했던 나만의 시간을 보상이라도 받는 것처럼 새벽 시간은 달콤한 휴식 같았고, 잠을 조금 줄인다고 해서 그렇게 큰 문제가 생길 거로 생각하지 않았다. 그저 나를 위한 시간이 늘어났다는 것에 너무 신나고 즐겁기만 했다.

하지만 시간이 흐를수록 새벽 3시에 기상은 아무리 생각해도 무리수였다. 잠이 부족해지자 낮에는 병든 닭처럼 졸기 일쑤였고, 집안일은 물론 아이들을 제대로 챙기기도 버거웠다. 컨디션은 점점 나빠지고 머리가 너무 아팠다. 제대로 된 생활이 불가능할 정도였다. 결국 이걸 계기로 최소 5시간은 수면을 꼭 취하는 철칙을 만들게 됐다.

비록 이런 폐해가 있긴 했지만, 새벽 시간에 독서와 글쓰기는 계속했다. 새벽 시간에 오글거리는 감성으로 쓴 글을 누군가가 좋아해 준다는 사실 만으로도 힘이 났다. 게다가 나에게 출판사에 투고해보라고 응원해주는 사람들까지 생겼다. 그저 글 쓰는 게 좋아서 시작한 일이었는데 주변의 응원에 힘입어 새로운 목표가 생기고 도전을 시작하게 되었다. 바로 작가가 되는 일이었다. 그래서 글쓰기에 대한 관련 강의도 찾아서 듣고, 책을 통해 작가가 되기 위해 필요한 것들을 익혔다. 블로그 이웃 중 작가로 활동하시는 분들에게 모르는 부분을 물어보고, 나의 글에 대해 피드백을 받기도 했다. 이렇게 나의 도전을 응원해주고, 도움을 주는 분들이 있어서 든든했다. 처음 하는 일이라 서툴고 모든 것이 쉽지 않았지만 언제나 그렇듯 한 걸음씩 앞으로 나가고 있다.

새벽 시간은 나에게 정말 많은 것을 가져다주었다. 독서와 글쓰기를 언제 하는 게 좋을지에 대해 고민하면서 여러 번 시행착오를 겪게 되었지만, 이 시간을 알차게 보내면서 작가라는 새로운 꿈을 꾸게 되었다. 그리고 마음을 담아 쓴 초고는 기적처럼 출간 계약이 이루어졌다. 매일 조금씩 성장하며 배워나가고 있다. 새벽 시간의 활용을 통해 내가 이루고 싶었던 꿈에 다가가는 시간을 만들어가자. 이것이 결국 진정한 미라클 모닝이 아닐까?

꿈꾸는 엄마는 세상보다 단단하다

행동하는 1%,
나는 절대적으로 유리하다

"엄마 뭐해? 나도! 나도 할래"

거실에 흘러나오는 흥겨운 음악 소리를 들은 것일까? 아이들이 춤추는 나를 보더니 재빨리 합류한다. 우리는 엉덩이를 씰룩거리기도 하고 서로 부딪치기도 하면서 영상 속 동작을 따라 하는 중이다. 땀이 비 오듯 쏟아지고 어느새 숨이 차서 헉헉거린다. 결국, 모두가 얼굴이 홍당무처럼 빨갛게 변한다. 그 모습을 마주하다 보니 서로 터져 나오는 웃음을 참을 수 없다. 겨울인 데다가 신종 코로나 때문에 외출은 현저히 줄고, 반대로 집에 있는 시간이 많다. 그러다 보니 자연스럽게 살이 찌기 시작한다. 요가나 댄스 아니면 아바타 같은 영상을 보고 따라 하고 있지만, 꾸준히 지속하기란 너무 어려운 일이다.

"먹는 데는 1분이지만, 빼는 데는 1시간! 다이어트를 매년 입으로 만 하는 사람들 보세요"

이 글을 블로그에서 보는 순간 무언가에 홀리듯 재빨리 읽어 내 려갔다. 읽는 순간 나도 모르게 내 이야기를 하는 것 같아 고개를 끄덕였다. 부끄러운 맘에 얼굴이 화끈거렸다. 혼자서 홈 트레이닝 을 하고 있지만 아무래도 한계가 있다는 생각이 들었다. 그래서 이 번에는 다이어트라는 목표를 가진 사람들과 함께 운동해보기로 마 음먹었다. 이 프로그램의 이름은 '백만장자 다이어트'였는데 모두 간단히 줄여서 백. 다. 방이라고 불렀다. 백. 다. 방에는 그날 식단 과 운동 내용을 일지로 적어서 카페에 인증하는 매일 미션과 주 1회 건강과 다이어트에 관련된 책을 읽고 서평을 쓰는 주간 미션이 있 었다. 또한, 지속적인 동기부여를 위해 단체 대화방에 회원들이 모 두 모여 운동이나 식단 등의 사진을 공유하며 서로를 응원하고 지 지해주었다. 긍정적인 에너지를 주고 사람들과 함께 잘 어울린다는 의미로 회원 한 분이 나에게 '에너지 센터'라는 닉네임을 지어주기 도 했다. 역시 혼자 하는 다이어트가 아닌 함께 하는 다이어트라서 즐겁게 다이어트를 이어나갈 수 있었다.

결혼 전에는 누가 봐도 마른 체형이었고 특별히 다이어트를 한 기억이 별로 없었다. 그런데 출산 후 아이들을 키우면서 불규칙한 식사와 운동 부족으로 인해 체형이 완전히 달라졌다. 아니나 다를까 인바디로 체지방을 재보니 비만으로 나와서 적잖이 충격을 받았다. 다른 곳보다 유독 볼록한 배는 나에게 가장 큰 스트레스였다. 이번에야말로 여러 사람과 함께 시작한 다이어트인 만큼 다시 한번 의지를 불태웠다. 불규칙한 식습관을 개선하고, 운동을 통해 건강한 다이어트를 하기로 마음먹었다. 거울을 보며 예전처럼 군살 없는 날씬한 몸으로 꼭 되돌아가겠다고 다짐했다. 두 달 후 몸무게는 2킬로 정도 줄어들었고 체지방도 빠지기 시작했다. 이 프로그램을 통해 좋지 않은 식습관을 고쳤고 다이어트를 지속할 힘을 얻었다. 하지만 그렇다고 해서 몸이 드라마틱하게 변한 것은 아니었다. 체지방이 워낙 많은데 근육이 별로 없어서 살은 빠졌으나 내가 생각한 라인의 변화를 기대할 수 없어서 아쉬웠다.

그러던 중 블로그에서 우연히 사진 한 장을 보았다. 40대라고 소개된 여자 분의 보디 프로필 사진이었다. 까무잡잡한 피부에 새겨진 등 근육과 선명한 식스 팩 복근이 눈에 띄었다. 같은 40대인데 나는 왜 저렇게 될 수 없을까? 눈을 감고 여자 분의 사진과 내 모습을 상상해보았다. 그 순간 나도 모르게 한번 도전해보고 싶다는 생각이 들었다. 다이어트를 하면서 매번 입버릇처럼 '죽기 전에 나도 11자 복근 만들어 보고 싶다'라고 말만 했는데 이번 기회를 발판으로 새로운 모습으로 변하고 싶었다. 더 이상 망설일 이유가 없었다. 2월에 시작한 백. 다. 방 다이어트 동료와 함께 '꾸꾸꾸 초콜릿 발굴단'이라는 보디 프로필 팀에 합류하기로 맘먹었다. 100일 안에 보디 프로필 찍기가 우리의 목표였다.

이번에는 더 나은 결과를 위해 홈 트레이닝에서 벗어나 헬스클럽에서 운동을 배우기로 했다. 동네 주변을 돌아다니며 다닐만한 곳을 수소문했다. 그중 내 눈에 들어온 곳은 보디빌딩 선수 출신이셨던 관장님이 있는 헬스클럽이었다. 과거에 나에게 헬스클럽이란 요가 후에 러닝머신이나 사이클을 타고 오는 곳이었는데 이번엔 다르다. 체지방을 줄이고 근육을 만들기 위해서는 남자들이 들 법한 쇳덩이도 들고 다양한 기구를 사용하는 운동을 해야 했다. 40년간 단한 번도 해 본 적 없는 근력운동을 시작하려고 하니 눈앞이 깜깜했다. 초보자인 탓에 다양한 기구를 하는 거보다는 관장님의 지도 아래 정확한 자세로 할 수 있는 만큼 천천히 운동량을 늘려나갔다. 그래도 처음 제대로 운동을 하는 상황이라서 그다음 날엔 몸이 난리가 났다. 흡사 누군가에게 맞거나 밟힌 것처럼 근육통은 온몸 구석구석 전해졌다. 그래도 운동 후 달라질 내 모습을 생각하며 초반에는 힘들어도 꾹 참고 매일매일 헬스클럽에 가서 구슬땀을 흘렸다.

물론 마음속에서는 내일은 좀 쉴까? 하는 마음이 수시로 들었지만 그런 생각이 들면 우선 밖으로 나왔다. 그리고 무조건 헬스클럽으로 향했다. 헬스클럽 가는 길이 어느 정도 거리가 있다 보니 자전거를 타고 헬스클럽을 가곤 했는데 그때마다 시원한 바람이 나를 위로해주었다. 무거운 마음을 안고 헬스클럽에 도착하면 신기하게도 가기 싫었던 마음이 사라졌다.

무거운 덤벨을 들고 운동하는 어르신, 복근 운동을 위해 턱걸이를 하는 아저씨, 러닝머신에서 구슬땀을 흘리고 있는 여학생이 보였다. 기구는 힘들지만, 자신의 몸에 온전히 집중하며 운동하는 사람들로 가득했다.

문득 처음 '꾸꾸꾸 보디프로필' 도전할 때 봤던 댓글이 떠올랐다. 그때 댓글로 저도 가능할까요? 라는 말에 명쾌하게 "당연하죠. 맘만 먹으면 누구나 가능해요"라고 말해주었던 꾸꾸꾸 리더의 한 마디가 가슴 한구석에 큰 울림으로 다가왔다. 너나 할 거 없이 운동에 열중하는 사람들을 보면서 나도 모르게 강한 동기부여를 받고 그날 하루도 최선을 다해 운동하는 나로 변해있었다. 그러면서 차츰 헬스에 빠져들었다. 그리고 신기한 일이 벌어졌다. 그동안 징그럽게 안 빠졌던 뱃살이 조금씩 사라지면서 몸에 라인이 생겼다. 체중은 7킬로 정도 빠지고, 체지방도 10% 정도 줄었다. 그리고 꿈에 그리던 11자 복근을 만날 수 있었다. 보디 프로필이 예정된 날짜는 7월 4일이었지만, 스튜디오 일정으로 인해 7월 5일로 변경되었다. 그날은 공교롭게도 나의 41번째 생일이었다. 입버릇처럼 이번 생일에는 나에게 11자 복근을 선물하겠다고 말했는데 그 바람이 이루어졌다. 헤어스타일을 바꾸고 화장을 하는 동안 '꾸꾸꾸 초콜릿 원정대' 동료들과 대화를 나눴다. 내렸던 앞머리를 옆으로 가르고 웨이브를 살짝 넣어 헤어스타일을 바꿨고, 화장도 평소의 나와는 완전히 달랐다. 거울 속에는 예전과는 완전히 달라진 또 다른 내가 있었다. 그날은 처음이라 모든 것이 어색하고 떨렸다. 포즈를 취하는데도 로봇이 따로 없었다. 시간이 조금 흐르자 익숙해지긴 했지만, 여전히 엉성했다. 사진을 찍는 이 순간이 너무 황홀해서 마치 꿈처럼 느껴졌다. 비록 아쉬움이 남았지만, 행복하게 촬영을 마무리했다.

또한, 그날 함께 한 소중한 인연들을 통해 나는 더 큰 동기부여를 받게 되었다. 내가 희미한 11자 복근이었다면, 다른 분들은 선명한 식스 팩 복근이었기 때문이다. 내년에는 나도 기필코 식스 팩 복근을 만들어 보기로 결심했다. 처음에 할까 말까 망설였던 것은 기우였다. 나이 마흔 넘어서 무슨 운동이야? 11자 복근은 무슨? 그냥 되는대로 살자... 만약 내가 이런 생각으로 아무것도 시도하지 않았다면 그날의 나는 없었을 것이다.

우리에게 밀가루 한 봉지가 있다고 상상해보자. 당신은 무엇을 만들 것인가? 아마 제일 생각나는 것은 바로 맛있는 빵과 케이크, 쿠키일 것이다. 아니면 다른 재료를 혼합해서 부침개를 만들어 먹을 수도 있다. 아니면 밀가루를 반죽해서 밀대로 쓱쓱 밀어서 국수를 만들어 먹어도 좋다. 하지만 가만히 밀가루를 바라만 봐서는 그 어떤 요리도 저절로 만들어지지 않는다. 우리의 인생도 이와 마찬가지가 아닐까? 내가 원하는 것을 얻으려면 우선 그 일에 뛰어들어야 한다. 생각하지 말고 바로 행동으로 옮기자. 빨리하면 할수록 유리하다. 행동하는 1%, 나는 절대적으로 유리하다. 이런 나에게 이제 두려움은 없다. 하루하루 도전하고 행동하는 내가 존재할 뿐이다.

변화를 위한
마인드 컨트롤 방법

내 머리는 갑자기 깨질 것처럼 아프고, 한쪽 눈에서는 쉼 없이 눈물이 흘렀다. 머리가 뜨겁게 타들어 가는 느낌이 들었다. 당장 병원에 가야 하는데 몸이 말을 듣지 않았다. 남편의 도움으로 가까스로 병원에 도착했다. 대기실 소파에 누워 이 통증이 끝나기를 하염없이 기다렸다. 간호사가 와서 걱정스러운 표정으로 질문을 했지만, 너무 아파서 대답조차 하지 못했다. 진통제를 두 방이나 맞고서도 호전이 없었다. 10분 정도 지났을까? 그 지옥 같은 통증은 서서히 가라앉았다. 아직도 머리가 묵직하긴 하지만 그래도 견딜만 했다. 나는 조심스럽게 몸을 일으켜 진료실로 들어갔다.

꿈꾸는 엄마는 세상보다 단단하다

"군발두통입니다"

의사는 생전 처음 들어보는 군발두통이라는 말을 나에게 꺼냈다. 여러 가지 검사를 했지만, 뇌에는 특별한 이상은 없다고 했다. 음주와 흡연을 하는 것도 아니고 힘든 일을 하는 게 아니라면? 의사는 나에게 요즘 스트레스를 많이 받고 있냐고 물었다. 그 당시 나의 상황은 친정아버지가 암 투병 중이셨고, 아들의 알레르기 쇼크 때문에 늘 긴장하고 있는 상태였다. 차분히 나의 상황을 설명하니 의사는 그제야 고개를 끄덕였다. 주기적으로 발생할 가능성이 많으니 약을 잘 챙겨 먹고 되도록 이면 스트레스를 줄이고 안정하는 것이 제일 중요하다고 덧붙였다. 그동안 잔병치레 없이 워낙 건강했던 나였기에 머리가 이렇게까지 아플 거라고는 전혀 예상치 못했다. 의사는 무조건 안정하라고 했지만, 상황이 이렇다 보니 맘 편히 안정할 수가 없었다. 아버지의 암 투병과 아들의 알레르기 쇼크는 내가 쉽게 바꿀 수 있는 상황이 아니었기 때문이다. 우선 주변 상황을 바꿀 수 없다면 생각을 조금 바꿔보기로 했다. 병원 문을 나서며 좋은 방법에 대해 계속 고민했다.

'나는 스트레스 안 받는 사람인 줄 알았는데' 의사의 말을 듣고 보니 그게 아니었다. 스트레스가 극심한데도 불구하고 나에게 너무 무심했다. 뒤통수를 세 개 얻어맞은 기분이 들었다. 이대로 방치해서는 안 된다는 생각이 들었다.

극심한 스트레스에 시달릴 때 우리에게 필요한 것은 무엇일까? 우리는 아마도 아무것도 하지 않고 휴식을 취하거나 여행을 통해 기분전환 하는 것을 떠올릴 것이다. 그런데 나의 상황은 아무것도 하지 않고 휴식할 수가 없었다. 그래서 나는 나를 이곳으로 여행 온 '행복한 여행자'라고 설정해 보았다. 그런데 한 가지 주의할 점은 여행은 여행인데 안락한 럭셔리 여행은 아니라는 점이다. 내가 온 여행지는 한 치 앞도 결과를 예측할 수 없는 밀림 같은 곳이다. 한 발짝 떼기가 무섭게 낯선 상황에 수없이 부딪힌다. 하지만 그곳에서 누구나 살지 못하는 것은 아니다. 그 상황에 맞게 생존하는 방법은 반드시 존재한다. 나 역시 그런 방법에 집중해보기로 했다. 나에게 여행자라는 설정은 이 고된 여행을 잘 마치고 원래대로 돌아가는 의미도 포함한다. 만약 돌아갈 수 없다면 그 상황을 좀 더 긍정적으로 받아들여 내 삶의 친구 같은 존재로 삼기로 했다.

처음에 내가 겪은 상황만 놓고 보면 너무 고통스러웠다. 아들을 위해 도시락을 싸주는 일은 어렵지 않았지만, 간혹 바뀌는 식단으로 곤욕을 치르기도 했다. 때로는 쇼크 반응이 이유 없이 찾아오기도 해서 숨이 턱턱 막히기도 했다. 하지만 그 상황에 빠져서 눈물을 흘리거나 힘들어하지 않기로 마음먹었다. 오히려 아들의 도시락을 더 세심히 챙겨주면서 시설의 도움을 구하고, 전보다 아들의 몸 상태를 꼼꼼히 체크하기 시작했다. 아들의 상황이 변한 건 아니지만 엄마인 내가 먼저 챙기면서 시설에 도움을 요청하니 마음이 조금은 놓였다. 언제든 사고가 날 수 있다는 아이라는 점에 세심하게 챙기는 건 나의 습관이 되었고 전처럼 사고가 날지도 모른다는 두려움에 갇히지 않게 되었다. 아들이 쇼크에 대한 두려움으로 힘들어할 때 살가운 대화를 통해 힘든 마음을 보듬어 주었고, 먹고 싶은 음식은 대체하거나 만들어주면서 함께 좋은 방법을 찾아나갔다. 속 깊은 대화가 오가면서 마음이 더 편안해지고 아들 역시 자신의 상황에 대해 힘들긴 하지만 조금씩 이겨나가는 모습이 보여서 다행이었다. 우리 둘은 알레르기 쇼크라는 어마어마한 모험을 떠나는 여행자다. 하지만 두 손을 마주 잡고 험난한 모험을 즐기는 중이다.

4년 전 수화기 사이로 울먹이던 어머니의 음성이 아직도 또렷하다. 건강하셨던 아버지가 암 판정을 받으셨을 때였다. 힘겨워하시던 어머니의 모습에 나도 모르게 눈물이 왈칵 쏟아졌다. 자식이라고는 나 하나뿐인데 그동안 너무나 무심했다는 생각에 죄책감이 내 몸을 짓눌렀다. 한사코 큰 병원에는 안 가시겠다고 하셨던 아버지를 겨우 설득해서 대학병원으로 모시고 갔다. 아버지의 암은 초기 단계를 훨씬 넘어 긴급 수술이 필요한 상태였다. 조금만 더 늦었다면 상황을 예측할 수 없을 만큼 위급했다. 며칠 후 12시간 동안 대수술을 받으시고 의사 선생님도 두 번이나 교체되는 수술에서 나와 어머니는 무너져 내렸다. 그 상황은 너무 힘들고 가슴 아픈 일이었다.

하지만 긍정적인 마음을 가지고 다시 돌아보니 마음이 조금은 나아졌다. 처음에 아버지를 만나러 갈 때의 감정은 죄책감과 두려움뿐이었지만 시간이 흐를수록 수술도 바로 할 수 있었고, 치료도 병행한다면 안 될 것도 없다고 생각했다. 그렇게 생각하고 나니 희망도 점점 생겼고, 더 나은 미래도 보였다. 가족들의 바람대로 아버지는 대수술에도 불구하고 1시간 만에 눈을 뜨시고 내 손을 잡아주셨다. 수술 부위가 많이 아프다고 하셨지만, 아버지가 다시 깨어나셔서 손을 잡고 대화를 나눈 그 순간은 잊을 수가 없다. 퇴원 후 아버지가 건강해지신 뒤 엄마와 함께 간장게장을 먹으러 갔다. 꿈인지 생시인지 모르겠지만 처음에 느꼈던 두려움과 괴로움은 이미 사라졌고 행복한 여행을 떠난 느낌으로 아버지와 추억을 만들 수 있었다. 어머니와 나는 사막의 한가운데 떨어져 모래 폭풍을 만난 것처럼 암담한 여행을 했다. 아버지가 저 사막 어딘가에서 깨어나 오아시스가 있는 곳에 함께 가길 간절히 바랐다. 힘든 대수술을 이겨내고 함께 식사도 하고 대화를 한 그 순간이 정말 행복한 여행이 되었다.

아들의 알레르기 쇼크와 아버지의 암 투병은 내가 견디기에는 다소 힘든 상황이었지만 그 속에만 빠져있는 게 아니라 그 상황을 좀 더 긍정적으로 바라보고 노력하면서 지금의 내가 되었다. 그리고 나의 힘든 여행은 그렇게 끝이 났다. 모든 것이 원래대로 돌아간 건 아니지만 현재 상황은 예전보다 훨씬 나아졌고 그 힘든 상황을 마주하고 받아들일 수 있는 내가 되었다. 이후에는 신기하게도 더는 군발두통이 찾아오지 않았다.

아들에게는 알레르기가 밀림과 같은 존재였을지도 모른다. 한 발짝 떼기가 너무 두려워서 숨고만 싶고 때론 너무 답답해서 울고만 싶었을 것이다. 하지만 그래도 손을 잡고 천천히 발걸음을 뗐다. 나와 아들은 여행자가 된 것이다. 우리가 건너는 밀림의 세상은 이제 무섭고 예측 불허한 상황만 이야기하는 것이 아니다. 어렵고 힘든 것을 천천히 이겨내면서 좀 더 나아진 자신을 만날 수 있다. 지금 당장 원하는 일이 이루어지지 않는다고 해도 포기는 하지 않는다. 끝까지 가보는 것이다. 그래서 이 여행은 엄청 값진 여행이 되었다. 아버지는 힘든 순간을 넘어서 건강을 되찾으셨고, 전과 다른 삶에 대한 소중함을 느끼셨다고 했다. 나는 어느새 밀림의 원주민처럼 돼버렸다. 이제 정말 힘들고 어려운 일이 닥쳐도 겁나지 않았다. 하루하루 눈물로 지새우고 그만두고 싶었던 순간이 사라지고 어떤 일이 닥쳐도 너끈히 해결할 수 있는 긍정적인 마음이 서서히 싹텄다. 변화를 위한 나의 마인드는 이렇게 천천히 바뀌었다. 바로 행복한 여행자로 나를 설정한 뒤부터다. 힘들고 어려운 순간이 다가오면 이제 나는 미지의 세계로 떠난다는 마음으로 신발 끈을 고쳐 맨다. 언제든 다가오는 삶의 변화 속에서 행복한 나를 만나기 위해 더욱 힘을 내본다.

내면을 들여다보는
Watching Time

낙엽만 보면 까르르 웃는다는 활기찬 10대를 지나, 집안 형편으로 대학 진학보다 돈을 먼저 벌게 된 20대 초반에는 처음으로 겪는 사회생활이 힘들었다. 추운 겨울, 의학 분업 전 조제실에서 터진 손을 후후 불어가며 가루약을 갈고 포장하던 아르바이트를 시작으로 3년 넘게 돈을 벌면서 대학 학비를 벌었다. 찢어진 손등 사이로 약이 수시로 들어갔고 그 따가운 만큼이나 돈을 번다는 것이 쉽지 않다는 걸 알게 되었다. 20대에는 그래도 도전하고 실천하고 나의 발전을 위해 노력할 수 있는 시간이라서 좋았다. 그리고 사랑하는 사람을 만나 결혼하면서 맞이한 30대. 사랑하는 남자와 결혼하고 아이를 낳아 기르면서 행복했지만 나라는 존재는 사라지고 없었다.

아이를 낳고 생긴 우울증은 오랫동안 나를 감정의 저 밑바닥까지 끌고 가 쉬이 놓아주지 않았다. 젊은 시절에는 그저 앞만 보고 지냈고, 힘들 땐 주변의 친구들과 대화를 통해서 이겨내고 하루하루 지내왔는데 뭔가 빠진 것 같은 느낌이 들었다. 그때 나는 비로소 나와의 대화를 천천히 시작했다.

나는 윤동주 시인의 〈자화상〉이라는 시를 좋아한다.

돌아가다 생각하니 그 사나이가 가엾어집니다.
도로 가 들여다보니 사나이는 그대로 있습니다.
다시 그 사나이가 미워져 돌아갑니다.
돌아가다 생각하니 그 사나이가 그리워집니다.

- 윤동주, 〈자화상〉 중

윤동주는 일제 강점기에 암울한 현실 속에서 우물에 자신을 비추어 보았다. 그러면서 자신의 내면을 들여다보고 깨달음을 얻었다. 그 시대 속에서 힘든 그의 모습은 자화상을 통해 느낄 수 있었다. 나 역시 힘들고 어려운 일이 생길 때마다 윤동주가 우물에 자신의 모습을 비춰보듯 나는 거울에 내 모습을 비춰보았다. 어쩌면 이게 뭐야? 라고 말할지도 모르겠지만 거울에 비친 나를 보면 정말 객관적으로 나의 현재를 파악할 수 있었다. 내 모습이 어떠한지 내 상황에 대해 있는 그대로 바라보게 되면 그 상황을 조금은 이해할 수 있게 되었다. 처음에는 정말 이게 뭐 하는 건지 아리송했지만 이런 시간을 통해 나를 솔직하게 들여다보고 내가 나와 대화를 나눌 수 있었다. 나는 그런 시간을 나만의 'Watching Time'이라고 부른다. 이 방법을 통해 힘들고 괴로운 내 마음을 들여다보면 처음에는 울먹거림으로 시작했다가 시간이 흐르고 나면 어느새 웃고 있는 나를 발견한다. 이런 3가지 단계로 나만의 'Watching Time'을 만들어 내면의 나와 대화를 시도해 보았다.

1단계 : 마음이 힘든 근본적인 원인 파악하기

내가 힘들어하는 원인이 무엇인지 생각해본다. 그리고 그것을 종이에 적어본다. 내가 힘든 이유를 생각나는 대로 하나하나 적어보자. 그러다 보면 그중에서 정말로 나를 힘들게 하는 근본적인 이유를 확인할 수 있다. 감정의 날이 서고 힘들어서 눈물을 흘리기도 하지만 이렇게 적어가는 시간 속에서 나에 대해 똑바로 바라보는 시간을 가질 수 있었다.

2단계 : 거울을 보며 내면과 대화하기

거울을 보면서 내가 힘든 원인에 대한 감정의 이름표를 붙여준다. '네가 이러이러한 일 때문에 힘들었구나. 그래서 너는 00 한 감정이구나'라고 나의 내면과 편안하게 이야기를 해본다. 어느 정도 내 마음이 꺼내졌다면 그 일에 대해서 생각해 본다. '과연 이 일이 내일도 힘들고 괴로울까? 그렇다면 일주일이 지난다 해도 그럴까? 한 달이 지난다면? 석 달 후에도? 평생 이럴까? 라고 말해보는 것이다. 그 문제에 대해 집중하면서 시간의 흐름을 생각하면 그 문제가 천천히 희미해지기 시작한다. 그렇게 되면 막연하지도 않고 어느 정도 마음도 안정된다. 나 같은 경우는 집에 혼자 있을 때 거울을 바라보면서 이렇게 말해보았다. 처음에는 뭐 하는 짓이지? 라고 피식했던 적도 있지만, 지금은 누구보다도 진지하게 나와 대화를 나누는 것에 집중하고 있다.

3단계 : 내 마음을 위로해 주기

사실 2단계까지 하면 마음은 어느 정도 풀린다. 시간이 흐르면 감정의 찌꺼기들이 어느 정도 사라질 것이고, 마음도 편안해지기 때문이다. 그런데 여기서 중요한 것은 상황이 어찌 되었건 '나는 옳다'라고 생각해 보는 것이다. 그 상황에 부닥친 내 감정을 내면에서 들여다보기 시작하였기 때문에 내가 느낀 감정을 충분히 표현하다 보면 자책이라는 감정이 따라오기도 한다. 물론 내 잘못도 있을 수 있겠지만 우선 그럴 수밖에 없었던 내 마음을 먼저 위로해주자. 그럴

꿈꾸는 엄마는 세상보다 단단하다

수밖에 없는 사정을 이해하고 자신을 용서하는 것이다. 이렇게 마음을 꺼내놓고 바라보면서 '내 마음이 그래서 힘들었구나'라며 내 마음을 향해 토닥토닥해준다. 별것 아닌 것 같지만 오랜 시간 그렇게 해온 바로는 이 방법이 정말 좋았다. 이렇게 하면 마음이 편안해진다. 비록 근본적인 문제는 완전히 해결되지 않을 수도 있다. 하지만 문제의 원인을 확인하고, 나를 꺼내놓고 이야기를 하는 과정에서 마음의 찌꺼기들이 조금씩 사라진다.

Watching Time을 할 때 좀 더 만족할 만한 결과를 얻고 싶다면 이렇게 해보자. 1단계는 '뭐가 문제지? 내가 처한 상황은 뭘까? 나의 몸 상태는 어때?'하고 물어보며 감정의 이름표를 붙여줌과 동시에 나의 몸과 마음을 모두 체크해본다. 마음이 힘들면 몸도 병들게 되어있는 경우가 많기 때문이다. 몸과 마음이 함께 힘든 경우인지 마음 때문에 몸이 힘든 건지 등등 나의 현재 상황을 있는 그대로 파악하는 게 제일 중요하다.

2단계는 가장 나쁜 최악의 시나리오는 무엇인지, 최상의 시나리오는 무엇인지 이야기를 한다. 왜 내가 원하는 것이 이루어지지 않는지도 말해본다. 다가올 상황을 생각해보고 내가 원하는 결론이 무엇일지에 대해 깊게 사색하는 계기가 된다.

마지막 3단계가 되면 1단계와 2단계를 통해 사색한 내용을 가지고 나만의 결론을 도출해 본다. 이 결론은 언제든 더 좋은 방향으로 바뀔 수도 있다. 생각하는 과정에서 문제는 조금씩 해결되기 때문이다.

　나의 경우는 아들이 알레르기 쇼크가 있어서 심리적 통증이 심했다. 아들의 매우 급한 사고를 바라보며 알 수 없는 두려움이 생겼다. 내 몸은 아무 이상이 없는데, 심리적으로 불안하고 아픈 느낌이 들었다. 심장이 오그라드는 느낌이 든다거나 숨이 쉬어지지 않는 고통에 자주 시달렸다. 아무도 모르는 나만의 고통이었다. 그런데 나를 돌아보고 나의 아픔을 솔직하게 털어내는 Watching Time을 통해 천천히 이겨낼 수 있었다. 다른 사람의 위로와 조언보다 나와의 솔직한 대화를 통해 방법을 찾아가는 게 더 효과적이었다. 심호흡하고 나서 나와 대화를 나누고 나면 눈물을 펑펑 쏟았다. 하지만 그런 과정에서 점점 단단하고 씩씩한 내가 되었다. 내가 두려워하는 대상이나 나를 상처받게 했던 모든 일을 말하고 내 진짜 감정과 마주하면서 나의 심리적 통증은 점점 사라졌다. 그 감정을 털어놓고 나면 나는 스스로 질문을 했다. '내가 왜 이런 감정을 가지게 된 걸까? 해결 방법은 무엇일까?'라고 나에게 묻고 또 물어보았다. 나는 이와 같은 과정을 통해 그간의 힘든 일 들을 이겨냈다. 사람들과 대화 속에서도 물론 해답이 있지만, 나와의 대화를 통해서 더 많은 것

　　　　　　　　꿈꾸는 엄마는 세상보다 단단하다

을 깨닫게 되었다.

Watching Time은 현재의 나와 변하고 싶은 나와의 대화다. 나의 상태를 있는 그대로 바라보는 것이 그 시작이다. 다른 사람들이 나를 몰라준다고 해도 내가 나를 알아주면 된다. 쌓였던 눈물이 한꺼번에 쏟아져 나올 것만 같을 때 거울을 보며 나에게 말을 걸어 보는 것은 어떨까? 행복은 우리 자신에게 달려있다는 아리스토텔레스의 말을 기억하자. 힘든 고통의 실타래는 내 손으로 직접 풀어야 한다. 자신을 스스로 돌아보고 나와 끊임없이 대화를 나누자. 나를 위로해 주는 Watching Time을 통해 솔직한 나와 마주하자. 그 순간 그동안 힘들었던 나를 내 안의 또 다른 내가 안아주고 위로해 줄 것이다.

제**4**장

유난스러운 엄마의
특별한 아이
키우는 법

유난스러운 엄마의
특별한 아이 키우는 법

벌써 2주째, 아들이 알 수 없는 천식성 기침을 하고 있다. 야간근무를 마치고 자고 있을 때 요란하게 울리는 전화벨 소리. 순간적으로 잠이 달아나 버린다. 착 가라앉은 힘없는 아들의 목소리를 듣자마자 가슴이 덜컹 내려앉는다. 지금 아들은 두려움에 사로잡혀 있다. 우선 아들을 진정시키는 것이 급선무다. 먼저 응급약 파우치에 있는 알레르기약을 먹으라고 말하고 조금만 기다리고 있으면 금방 가겠다고 아들을 안심시킨다. 크게 심호흡을 하고 운전대를 잡는다. 학교로 향하는 동안 애써 마음을 진정시키고 운전에 집중한다.

벌써 2학년이 되고 나서 2번째 있는 일이다. 정말 답답한 것은 원인을 알 수 없다는 점이다. 왜 이런 일이 생겼을까? 급식에 관해 영

꿈꾸는 엄마는 세상보다 단단하다

양사 선생과 늘 소통을 한다. 매일매일 급식 체크는 물론이다. 담임선생도 늘 아들에게 관심을 기울이며 챙겨주신다. 그런데도 이런 일은 예기치 않게 종종 발생한다.

이유가 없다는 것이 아니다. 확실한 원인을 찾을 수가 없다. 그저 추측할 뿐이다. 이 순간 내가 제일 싫어하는 탐정 놀이가 시작된다. 도대체 아들은 왜 천식성 기침을 자꾸 하는 걸까? 그 이유를 나름 추측해 본다. 미세먼지? 뛰어서? 단순히 그냥 알레르기 때문에? 병원에 가도 뾰족한 처방이 없다. 그저 약 먹고 안정하라는 것이 전부다.

오늘의 범인은 아무래도 운동인 것 같다. 아들 말로는 여느 때와 마찬가지로 운동장에서 친구들과 축구를 하고 있었다고 한다. 그런데 오늘따라 피부가 너무 가려웠고, 계속 긁다 보니 얼굴이며 팔, 목 주변에 피가 날 정도로 가려움증이 심해졌다고 했다. 그러다 어느 순간 숨이 가빠지면서 기침도 하기 시작해 서둘러 보건실로 이동한 것이다. 이런 아들의 증상은 운동성 아나필락시스와 매우 닮아있었다. 운동성 아나필락시스는 피부 두드러기를 포함하여 천식성 호흡, 혈관부종에 의식소실까지 일어날 수 있다. 확실하지 않지만, 정황상 딱 들어맞았다.

아들의 이야기를 듣고 동영상을 찍어 아이의 상태를 남겨두었다.

약을 먹이고 추이를 지켜보며 병원에 갔다. 의사 선생께 동영상도 보여주고 상황 설명도 했다. 하지만 정확한 원인을 알 수 없었다. 힘이 쭉 빠졌다. 의사 선생도 원인에 대해 추측만 했을 뿐 확실한 원인을 콕 집어 말해주지 않았다. 그저 약을 먹고 안정을 취하는 방법밖에 없었다. 결국, 이번에도 원인은 알 수 없었지만, 시간이 흐르자 다행히 아들은 괜찮아졌다.

아들과 나는 상황이 정리되고 나서야 안도의 숨을 내쉬었다. 거의 10년이 다 되어가지만, 쇼크 상황은 나와 아들에게 쉬운 일이 아니었다. 늘 예측불허의 상황이 닥치니까 말이다. 다행히 아들과 나는 언제나 그랬듯 이 위기 상황을 잘 넘겼다.

처음에는 힘겹고 어려운 일도 시간이 흐르면서 자연스레 익숙해지는 걸까? 해를 거듭할수록 나는 점점 더 침착해졌다. 그래야만 아들을 살릴 수 있으니까 말이다. 아들도 처음에는 힘들어했지만 조금씩 극복해 나갔다. 전화하기 전에 먼저 알레르기약을 먹었다. 그리고 차분하게 엄마를 기다렸다. 그 상황이 지나가면 언제 그랬냐는 듯 환하게 웃으며 장난을 쳤다.

아들을 안전하게 학교에 보내기 위해 내가 하는 일은 이렇다.

늘 식단표를 보며 필요한 도시락을 챙겨 보낸다. 혹시 땀이 나거나 열이 날 경우를 대비해서 수건 및 세면도구 준비는 필수다. 그 안에 피부 진정과 보습을 위한 저 자극 로션을 챙겨준다. 가방 앞 포켓에는 알레르기약이 든 파우치를 넣어준다.

아들을 위해 언제 닥칠지 모르는 쇼크 상황에 대처 가능한 기본적인 행동지침(매뉴얼)을 만들어둔다. 우선 엄마에게 전화를 걸어 상황을 알리는 것이 먼저다. 상황의 경중에 따라 119를 바로 부를 수 있게 보건 교사와 담임선생과의 비상 연락 체계를 만들어둔다. 나는 늘 학교 반경 100m 안에 있지만, 혹시 외출하게 될 때를 대비해서다. 그동안 비상상황은 여러 번 발생했지만, 다행히 아직 119를 부른 경험은 없다. 하지만 약을 먹은 뒤에도 상황을 주의 깊게 관찰할 필요도 있다. 처음에는 괜찮았다가 시간이 지난 후 급속도로 나빠지는 경우도 간혹 생기기 때문이다. 그래서 긴장의 끈을 놓을 수 없다. 위험한 상황은 언제든 아들에게 다가온다.

오늘은 집으로 일찍 귀가하여 쉬는 시간을 갖는 아들, 종종 있는 일이라 마음을 편히 가질 수 있도록 해주었다. 집에 와서 아들은 깨끗이 씻고 누워서 안정을 취했다. 시간이 얼마나 흐른 걸까? 까맣게 찾아온 밤. 내 옆에 등을 보이며 아들이 누웠다. 오늘도 나에게 등을 긁어달라고 했다. 이거야 원! 이번에는 엄마표 효자손이 출동했다.

여름이라 이미 피부는 뒤집혔다. 땀띠에 알 수 없는 피부 문제가 하나둘 얼굴이며 몸 구석구석에 자리를 잡았다. 좁쌀처럼 생긴 정체불명의 피부는 매일 밤 아들을 괴롭혔다. 원인을 알 수 없는 천식성 기침은 간혹 일어나는 이벤트였고, 가려움은 늘 함께 하는 친구였다. 날씨가 더워질수록 그 정도가 더욱더 심했다.

자꾸만 재발하는 피부 문제 때문에 아들은 오늘 밤도 힘들게 사투를 벌였다. 나는 계속 등을 긁어주고 부채질을 해주었다. 시간이 흐르니 내 팔도 너무 아팠다. 뻐근한 팔은 저릿저릿하기까지 했다. 매일 밤 아들과 나는 잠 못 드는 밤을 뒤척이며 보내고 있었다. 결국, 아들에게 알레르기약을 먹고 냉찜질을 해보자고 제안했다. 작은 아이스 팩으로 여기저기 문질러 보았다. 아들의 표정도 한결 나아 보였다. 그렇게 새벽녘이 돼서야 겨우 잠이 들었다.

약을 먹고 발라도 그때뿐인데 독한 약을 먹이고 바르는 내 마음은 편하지 않았다. 내일 아침은 괜찮아지길. 괜히 눈물이 또르르 한 방울 흘렀다. 미안함에 뒤척이다가 어느새 나도 잠이 들었다. 참 긴 하루가 지나가고 있었다.

아침이 오고 언제 그랬냐는 듯 아들은 괜찮아졌다. 아무렇지도 않은 듯 말이다. 어제 발진한 정체 모를 두드러기들은 완전하진 않지만, 대부분은 사라졌다. 어제 아이스 팩을 했던 것이 효과가 있었을까? 피부가 차가워지면 그 순간에는 가려움이 없어진다고 아들이 말했다. 그 뒤로 나는 아들의 피부 온도에 더욱 신경 썼다. 여름 내내 집을 시원한 온도로 유지했고, 한여름에는 수딩젤을 사용하여 아들의 피부를 진정시켰다. 그리고 건조한 봄, 가을, 겨울에는 시원한 온도 유지와 더불어 보습에도 신경을 썼다.

우리 가족은 어느새 아들의 피부 상황에 맞춰 생활하고 있었다. 날씨가 추워지면 모두 수면 양말을 신었고, 유독 추위를 많이 타는 나는 이미 초가을부터 두툼한 겉옷을 챙겨 입는다. 처음에는 이런 변화를 모두 어색해했지만, 이제는 당연한 일이 되었다.

아들은 나에게 늘 이렇게 말한다.

"엄마는 대한민국 엄마 중에 0.1% 엄마야. 늘 고마워"

나는 유난스러운 엄마가 아니다. 특별히 대단하지도 않다. 나는 그저 0.1%의 특별한 아들을 둔 엄마이기에 0.1% 엄마가 된 것뿐이다. 그저 내 아이를 위해 할 수 있는 것들을 실천했을 뿐이다. 내 아이가 행복하게 자랄 수 있다면 세상 그 무엇도 다해줄 수 있는 게 바로 엄마이기 때문이다.

특별한 아이를 키우는
엄마의 생각하기

내 아이는 특별했다. 우리 아들은 생후 7개월부터 우유 알레르기 판정을 받았다. 그래서 우유가 들어 있는 음식을 제한할 수밖에 없었다. 사실 골고루 먹어야 할 성장기에 칼슘의 보고인 우유의 섭취 제한이라니. 나도 처음에는 가슴이 철렁 내려앉았다. 가장 큰 문제는 먹지 못하는 것뿐만이 아니었다. 이것은 정신적으로도 아이를 힘들게 만들었다. 아이들은 주로 음식을 서로 나눠 먹으며 친해지는 경우가 대부분이었다. 그런데 우리 아들은 그렇게 하기가 어려웠다. 짓궂은 아이들은 아들이 우유를 못 먹는다는 사실을 알고 장난을 치고 놀려댔다. 못 먹는 아픔 외에 정신적으로 힘든 상황까지 겹치게 된 것이다.

처음에 아들은 소심하고 말수가 적었다. 음식으로 인한 사고 때문에 어린이집 입학 초기에는 선생님 품에 안겨 있는 경우가 많았다. 사고로 인해 어린이집을 그만두었을 때는 아이들과 말하는 방법조차 잊어버릴 정도였다. 마음속으로는 친구들과 놀고 싶으면서도 어떻게 다가가야 할지 몰라 그 주변을 빙빙 돌 뿐이었다. 그걸 바라보는 내 마음은 타들어 갔다. 처음에는 아이에게 닦달도 해보았다. 하지만 다 소용없었다. 마음속 깊이 자리 잡은 아들의 아픔은 나아지지 않고 점점 커졌다. 이대로는 안 되겠다 싶었다. 아들에게 꼭 맞는 방법이 필요했다. 아들을 바라보며 나는 천천히 방법을 찾기 시작했다.

아들이 어린이집을 그만두었을 때 사실 어떻게 해야 하나 고민했다. 그런데 대답은 아이에게 있었다. 아이가 원하는 것을 해주면 된다고 생각했다.

우선 친구랑 놀고 싶은 아들의 마음은 문화센터 체육활동으로 대체해주었다. 일주일에 한 번은 문화센터에 방문해서 『트니트니』를 수강했다. 다양한 신체활동과 더불어 노래가 어우러진 그 시간은 아들에게는 활력소가 되었다. 특히 남자 선생이 아들을 높이 들어 올려주면 아들은 행복하게 웃었다. 아들은 그 안에서 자신만의 즐거움을 찾고 점점 밝은 면을 찾아갔다. 그리고 귀여운 둘째에게도 새로운 놀이터가 되었다. 둘을 데리고 한참을 운전해서 가야 했음에도 나는 매주 그곳에 아이들을 데리고 다녔다. 아들은 그곳에 가면 음악에 맞춰 엉덩이를 흔들었다. 여러 가지 놀이를 하며 이곳저곳 신나게 뛰어다녔다. 딸은 오빠를 따라다니며 이리저리 뒤뚱뒤뚱 걸음을 옮겼다. 비록 운전하고 오가는 것이 힘들었지만 아이들의 행복한 모습을 보니 힘들어도 계속 올 수밖에 없었다.

집에서는 아이들이 하고 싶어 하는 모든 놀이를 제한 없이 하게 했다. 단 위험하지 않을 정도로만 말이다. 아이들은 온종일 집안 살림으로 자신만의 세상을 만들었다. 매트로 캠핑 장소도 꾸미고 그 안에서 놀았다. 온종일 깔깔거리며 숨바꼭질도 했다. 김장용 매트를 가지고 모래 놀이를 한 다음 욕조로 들어가 물감을 손에 묻히고 마구 문질러댔다. 아이들과 동물 모양 쿠키도 굽고 빵도 만들기도 하면서 아이들과의 시간을 즐겼다. 그렇게 1년여 시간이 흘렀을 때 친구 사귀기를 두려워하던 아들의 모습은 온데간데없었다. 그때 그 시절 사진엔 미소가 가득했다. 아픈 마음도 그렇게 조금씩 놀이로 치유해 가고 있었다. 아들은 점점 건강해지고 매사에 즐거움을 되찾았다. 이렇게 다양한 놀이를 통해 아이의 즐거움을 찾아주자 아들은 예전처럼 명랑한 모습으로 돌아오게 되었다.

다양한 놀이와 더불어 내가 아이에게 해준 것은 바로 책과 가까이 지내기였다. 아이가 태어나면서부터 책을 놀잇감처럼 가지고 놀 수 있게 했다. 책을 빨리 읽고 뭘 하려고 하는 조바심도 없었다. 그 저 재미있게 놀고 느끼면 그만이었다. 아들은 책을 탑처럼 쌓고 부 수며 놀았다. 동생이 생기니 둘이서 책을 가지고 다양한 놀이를 고 안해냈다. 다리도 만들고 집도 만들고 다양한 공간을 책으로 만들 어냈다. 그러면서 재미있는 동화책과 그림책을 함께 보았다. 책의 의미를 조금씩 이해하기 시작할 무렵에는 아이들과 함께 책을 읽기 시작했다. 음식에 대한 두려움 때문에, 다소 예민한 성격을 가진 아 들을 위해 생활 동화부터 시작해서 집에 있는 전래동화와 철학 동 화와 창작 동화 등 다양한 책을 읽으며 이야기를 나눴다. 어린이집 에 가지 못하더라도 책을 통해서 그 상황에 대해 이해하고 즐겁게 지내길 바라는 마음에서였다. 비록 어린이집에 못 가는 상황이 지 속되었고, 알레르기 쇼크로 인한 마음속 두려움도 많았지만, 그 시 간을 통해 마음의 안정도 조금씩 되찾고 밝게 웃을 수 있게 되었다.

"한 번 더 해봐. 넌 충분히 해낼 거야"

어떤 일이든 내가 옆에서 격려하며 끝까지 기다리면 아들은 언젠 간 그 일을 꼭 해냈다. 책을 장난감으로 접하고 나중엔 그 책으로 대화를 나누며 지낸 아들은 또래보다 의젓하고 마음이 깊다. 아직 두려움은 많이 남아있지만, 예전처럼 힘들어하는 일은 점점 줄어들었다. 정말 다행이다.

　다른 아이와 조금은 다른 특별한 아이를 기르는 데 있어서 나만의 철학이 있다. 딱 두 가지인데, 첫째가 절대로 다른 아이와 비교하지 말 것. 둘째가 아이들이 정말 하고 싶은 활동을 적극적으로 독려해줄 것. 이 두가지다. 물론 나도 우리 아이가 다른 아이들보다 공부를 잘했으면 좋겠다. 그리고 어떤 면이든 다 뛰어나면 참 좋겠다. 다른 아이들이 받는 교육도 다 시키고 싶다. 하지만 그것은 내 욕심이란 것을 너무나도 잘 알고 있다. 내 몸에서 나오긴 했지만 나와는 완전히 다른 인격체인데 내 마음대로 할 수는 없다고 생각한다. 그래서 공부나 다른 모든 것을 잘하라고 강요하는 대신 아이들에게 꿈을 심어주고 희망을 주는 메신저 역할을 해주기로 맘먹었다.
　아들이 제일 좋아하는 것은 책 읽기와 축구하기 그리고 영화 찍기다. 어울리지 않는 삼 종 세트를 조화롭게 이끌어주기 위해선 아들이 좋아하는 책을 함께 보고 이야기를 나누어주어야 한다. 그리고 아들이 정말 좋아하는 축구를 할 수 있도록 시간을 마련해 주어야 한다. 햇살이 뜨거운 여름은 아들이 땀을 많이 흘려서 가렵고 힘들 수 있어서 축구를 한 뒤에는 바로 씻고 피부를 진정시킬 수 있는 연고나 보습제를 준비해준다.
　또한 아침저녁 틈날 때마다 자신만의 영화를 찍는 아들을 지켜봐

주면서 든든한 응원군이 되어준다. 아들은 종종 철사를 이용해서 자신의 히어로를 만들곤 한다. 그 철사에 색색의 테이프를 감는다. 손을 자유자재로 접었다 펴면서 액션물을 찍는다. 대부분은 혼자서 일인다역을 하는 아들이지만 가끔 동생의 포켓몬 인형을 초대하여 결투를 벌이기도 한다. 그러면 영화는 점점 액션이 커진다. 대화를 서로 주고받으며 연기하는 모습은 정말 진지하다. 아들의 영화는 주로 닌자가 나오는 액션물이다. 입으로 내는 액션 음이 유치하고 웃겨도 심각한 표정으로 감상해야 한다. 그게 엄마의 도리랄까?

딸은 미래의 아이돌 가수를 꿈꾼 적이 있다. 〈일본 만화 프리 페라〉를 보고 막연한 동경을 한 것인데 이젠 좀 시들하다. 대신 그림 그리는 것은 계속하는 중이다. 매일매일 새로운 그림을 그린다. 남편은 딸을 위해 미술용 전용 패드를 만들어 주고 격려해주고 있다. 딸은 화가와 디자이너를 꿈꾸고 있다. 요즘에는 웹툰 작가를 꿈꾸며 그림을 그리고 있다. 얼마 전에는 집에 있는 옷감을 주었더니 다 잘라서 옷을 만들고, 그것도 모자라 구멍 난 양말을 잘라서 인형이 쓸 모자를 만들었다. 재활용 박스를 가져다주면 뚝딱뚝딱 집도 만들고, 가구도 만든다. 그럴 때는 눈에서 열정의 레이저가 나온다. 공부를 그렇게 하면 정말 잘할 텐데 그 점이 좀 아쉽다. 신나게 작품을 만들어 나에게 다가와서 딸은 이렇게 말한다.

"공부하라는 잔소리 안 해서 난 엄마가 참 좋아"라며 해맑게 웃는다. 이렇게 자신만의 세상에서 하루하루 꿈을 키워나간다.

요즘 세상은 내가 살았던 세상과 많이 다르다. 아이들이 힘들고 어려움 없이 지낸 세대라 그런지 이야기를 나눌 때 알 수 없는 벽이 살짝 느껴질 때가 많다. 요즘 아이들은 별거 아닌 일에도 화를 내고 실수나 실패를 하면 큰일이라도 나는 것처럼 의기소침해진다. 어렵고 힘든 순간을 자주 경험해 보지 않아 그런 걸까? 그런 순간이 닥치면 버겁고 힘들어서 금방 울상을 짓는다. 그럴 때면 나는 책이나 다양한 강연을 통해서 보고 듣고 느낀 것을 아이들에게 솔직하게 이야기해준다. 그리고 빈틈없는 완벽한 엄마가 아니라, 하루하루 실수나 실패를 하면서도 웃으면서 꾸준히 도전하는 모습을 보여주려고 노력한다. 아이들이 힘들고 어려운 순간에도 실패를 거울삼아 스스로 이겨내기를 희망한다. 그리고 그럴 수 있다고 믿는다.

특별한 아이를 키우는 엄마의 생각 경영은 따로 있는 게 아니다. 그 중심은 아이를 향해 있다. 유아기 때는 아이가 위험할 수 있어서 곁에 두고 사랑으로 끊임없이 보살펴준다. 즐거움과 행복한 놀이를 통해 느낄 수 있도록 말이다. 고통과 역경을 스스로 이긴 사람들의 이야기는 아이에게 긍정적인 삶의 에너지를 준다. 아이에게 책을 꾸준히 읽어주면 어떨까? 또한, 자신만의 꿈과 희망을 품고 나아갈

　　　　　　　꿈꾸는 엄마는 세상보다 단단하다

수 있도록 믿고 기다려준다면 아이는 더 사랑스럽게 자랄 거라고 생각한다. 아이는 이미 소중한 날개를 품고 있다. 그 날개는 부모의 절대적인 사랑과 응원 그리고 자신의 노력이 조화를 이룰 때 날아오를 수 있다.

우리는
공부 민주주의를 채택했다

    결혼하고 아이가 생기면 제일 먼저 우리가 고민하는 것은 무엇일까? 바로 교육이다. 초등학생 둘을 키우는 나도 예외는 아니다. 우리가 부모가 되면 없는 돈도 모두 끌어와서라도 '내 아이 교육은 항상 최고로' 시키려고 하는 게 부모의 마음이다. 다른 사람과의 경쟁에서 뒤처지지 않으려고 말이다. 하지만 과연 사교육이 우리 아이들의 창의력과 생각하는 힘을 길러주는지 의문이다. 다양한 책을 읽고 강연을 들어봤지만 어떤 것이 답인지가 명확하지가 않다.

    1년 전, 수학을 어려워하는 아들을 위해 학원에 보내본 적이 있었다. 나는 '아이에게 맞게 천천히 지도해주겠다'라는 선생의 말씀을 믿었고 기다려보기로 했다. 하지만 시간이 흐를수록 아들은 엄청난 스트레스를 받았다. 수학을 제대로 공부한 적도 없었고 특히 학원 분위기를 힘들어했다. 학원이라는 프레임에 갇힌 아들은 서서히 생명력을 잃어가고 있는 듯했다. 친구가 '넌 수학 100점 못 맞을 거야'라고 놀리는 말에도 아들은 위축되었다. 급기야 나에게 수학 문제집을 찢어버리고 싶은 충동이 들었다는 사실을 고백했을 때 정말 충격이었다. '시간이 지나면 괜찮아지겠지'라고 생각했지만, 전혀 개선되지 않았다.

어떻게 이 상황을 극복해야 할지에 대해 아들과 나는 진지하게 대화를 나눴다. 그간 스트레스받은 아들의 마음을 다독여주었다. 아들과 수학을 재미있게 할 방법을 함께 찾아보자고 했다. 신기하게도 아무 생각이 없을 줄 알았는데 아들은 의외로 자신의 의견을 내놓았다. 바로 마음에 드는 문제집을 한 권 구매해서 풀겠다고 제안한 것이다. 결국 나는 아이의 말을 믿고 수학학원을 그만 보내기로 마음먹었다. 5개월의 짧고도 긴 수학학원 탐험기는 그렇게 막을 내렸다.

이런 아들의 모습을 보고 '공부도 민주적으로 할 수 없을까?'라는 생각이 들었다. 그리고 '공부 민주주의'(이하 공민)라는 공부법을 실천해보기로 했다.

"공부는 스스로 하는 거야. 남을 위해서가 아니라 나를 위해서"

아이들에게 이 원칙을 늘 기억하게 했다. 하지만 아이들이 가장 뛰어놀고 싶을 나이에 자기를 위해서 공부하라는 말이 와닿지 않는 것은 어찌 보면 당연하다. 그래서 먼저 아이들이 자신의 꿈을 설정하고, 그 꿈에 맞게 어떤 직업을 가져야 하는지 함께 대화를 나누는 게 중요했다. 아들은 '세상의 모든 문제를 해결하는 사람'이 되고 싶다고 했다. 우리는 어떤 직업군이 그와 닿아 있는지 함께 고민했다. 우선 과학자와 인류학자를 중심으로 생각해 보았다. 매번 아이들의 꿈은 바뀌겠지만 아이가 원하는 목표를 향해 꿈을 설정해 준다면 공부하는 데 더 도움이 될 거로 생각한다.

아이들이 너무 좋아하는 게임에도 목표가 있듯이 공부에도 자신이 원하는 목표가 있다면 더 즐겁게 몰두 할 수 있을 거란 생각이 들었다. 그래서 공부도 게임처럼 목표를 만들게 했다. 목표인 학습 분량은 아들 스스로 정했다. 여기에서 가장 중요한 것은 정한 범위까지 혼자 힘으로 해결하는 것이다. 이런 교육법을 통해 아이들이 단순히 지식을 얻는 것을 넘어, 스스로 생각할 힘을 키울 수 있다고 생각한다. 물론 아들이 답을 찾기까지 기다려주는 일이 나에게는 108 번뇌 수행과도 같았다. '할렐루야, 아멘, 나무 관세음보살~' 이런 말이 수시로 튀어나왔다. 내 마음속에서 말이다. 사람들이 절대 하지 말라는 '자기 아이 가르치기'를 내가 하게 될 줄은 꿈에도 몰랐다.

처음에는 교육을 잘하고 싶어서 이것저것 알아보았다. 그리고 과연 내가 무엇을 해주면 좋을까? 라고 고민하던 날들이 많았다. 그러나 시간이 흐를수록 그것은 나만의 욕심이란 걸 깨달았다. 그 기준은 아이와 함께 정해서 서로 맞춰나가야 한다는 걸 배우게 되었다.

〈타이탄의 도구들〉이란 책에서 목표는 자신이 쉽게 성취 가능해야만 자존감도 생겨서 더 나은 목표를 세워 정진할 수 있다고 했다. 그래서 나는 남들보다 조금 느리게 가더라도 스스로 생각하고 문제를 해결하는 힘을 키울 수 있게 도와주었다. 그래야만 자신의 미래를 좀 더 주체적으로 이끄는 힘이 생길 것이라는 생각이 들었다.

정말 신기하게도 그 이후 아들은 달라졌다. 새벽에 내가 일어나서 글을 쓰고 책을 읽을 때, 아들은 스스로 자신이 정한 목표를 수행했다. 물론 아주 작고 쉬운 과제로 시작되었다. 학교 가기 전 눈 비비고 일어나 수학 문제를 풀었다. 그리고 틈틈이 책을 보기도 했다. 책을 읽는 모습을 보면 너무 흐뭇했다. 아들이 스스로 하는 모습을 보면 나는 아낌없이 칭찬하고 응원해주었다. 글을 쓰면서 내가 힘들어서 몸부림칠 때 아들 역시 옆에서 머리를 싸매고 '문제를 어떻게 풀까?'를 고민했다. 신기하게도 하루하루 시행착오와 실패가 쌓여 갈수록 우리는 함께 웃을 수 있게 되었다. 그 실패를 다음에는 안 하면 되니까 말이다.

이 밖에도 나는 아이들과 함께 책이 주는 긍정적인 메시지를 갖고 여러 가지 활동을 하고 있다. 책을 읽고 아이들 스스로 만들어 보는 창작 활동은 아이들의 장난스러운 그림과 글들로 가득하다. 아이들을 위해 하얀 파일을 준비해 본다. 아들에게는 〈천재 시인 김현중〉이라고 적어주고 아들이 적는 시를 정리한다. 그림 그리기를 좋아하는 딸을 위해 〈천재 화가 김윤아〉라고 적힌 파일을 준비하고 딸이 그린 그림도 넣어둔다.

요즘 아이들은 어릴 때부터 디지털 환경에 노출되어 자랐기 때문에 아날로그식 방법만 가지고는 안 된다고 생각했다. 물론 게임과 유튜브는 아이들에게 독이 될 수도 있다. 하지만 남편의 생각은 달랐다. 게임광인 남편은 게임과 유튜브도 적당히 장려하며 심지어 함께한다. '할 일은 하고 게임은 즐기고~'가 남편이 추구하는 공부 민주주의다. 혹시 아들이나 딸이 게임 속에서도 꿈을 키울 수도 있다는 점을 이해하고 있기 때문이다. 그래서일까? 아이들에게는 유튜버라는 꿈도 함께 자라고 있다. 유튜브를 볼 때 '내가 유튜버가 된다면?'을 상상하고 실제로 어떻게 해야 할지도 고민해본다. 서로의 핸드폰으로 유튜버가 된 듯 말을 하면서 영상을 찍기도 한다. 이런 행동들을 하나의 놀이처럼 자신이 원하는 꿈을 긍정적인 방향으로 이끌어주는 역할을 하면서 아이들과 생각을 나눈다.

아이들은 함께 하는 활동을 통해 스스로 문집을 만든다. 자신만의 자유롭고 다양한 놀이도 만들어나간다. 이런 과정에서 아이들은 어제와는 다른 좀 더 나은 자신이 된다. 스스로 정한 목표는 먼 미래에 아이들이 꿈에 한 발 더 다가갈 수 있도록 해준다. 부모가 원하는 목표가 아니라 스스로가 정한 꿈을 향해 한발 한발 앞으로 나가는 중이다. 그걸 바라보는 것이 때론 힘들고 답답할 때도 있다. 내 마음처럼 행동하지 않을 때도 있고, 재촉하고 싶을 때도 있다. 그래도 스스로 선택하게 하고 그 안에서 시행착오를 거치도록 기다려주자. 그 과정을 통해 아이들은 조금씩 성장해 나가지 않을까?

〈뛰어라, 메뚜기〉라는 동화책을 읽고 아들이 쓴 시다.

제목 메뚜기 - 김현중

메뚜기가 산을 넘고

메뚜기가 황무지를 넘고

그런 몸으로 가다니 정말 대단하다

하고 싶은 말 : 자신이 어둠에 갇혀 있을 때 자신의 끈기가 당신을 지켜준다.

이 동화책 속에서 메뚜기는 주변 상황에 계속 위협을 받는 존재다. 하지만 자신의 상황에서 의지를 갖추고 매 순간 꿋꿋하게 이겨내는 모습을 보여준다.

아이들에게 꽃길을 알려주기보다는 어떤 환경 속에서도 꿈을 향해 스스로 나아갈 힘을 길러주는 것이 필요하다. 물론 그 길의 시작은 힘들지라도 아이들이 스스로 미래를 준비할 수 있다면 훗날에는 아무리 험한 길도 아우토반 고속도로로 만들 수 있지 않을까?

꿈꾸는 엄마는 세상보다 단단하다

아이와 함께 자라는
생각 나무

"여러분에게 제일 소중한 것은 무엇인가요?"

"스마트 폰이요"

초롱초롱한 눈망울로 나를 바라보던 아이들은 거의 한 목소리였다. 엄마 아빠라고 말하는 아이는 두어 명뿐이었다. 나는 저학년 아이들에게 그림책을 읽어주는 '능실 글 향기'에 지원했다. 그림책의 내용이 소중한 물건에 관한 이야기라 자연스레 아이들에게 질문해 보았다. 그런데 아이들의 예기치 못한 대답에 살짝 당황스러웠다. 언제부터 우리 아이들에게 스마트 폰이 제일 소중해진 걸까? 스마트 폰은 어떻게 보면 아이들에겐 마법 상자와 같을 것이다. 검색하면 뭐든지 쉽게 찾아볼 수 있으니까 말이다.

하지만 스마트 폰의 검색으로 찾은 답은 우리를 생각하게 만드는 힘이 없다. 마치 우리가 아무 생각 없이 TV를 보는 것처럼 스마트 폰을 본다면 어떻게 하면 될까? 우리의 뇌는 깊은 생각을 하기 어려울 것이다. 생각하는 힘은 스마트 폰에 있는 게 아니라 우리의 머릿속에서 나오기 때문이다. 스마트 폰으로 하는 게임은 어떨까?

만 5~9세 어린이 1백 명당 8명이 하루 평균 2시간 이상 게임을 하는 스마트 폰 고위험 군이라는 연구 결과도 있다. 여기서 주목하는 것은 아이들이 게임을 할 때 나오는 스트레스 뇌파다. 이 뇌파는 극도로 불안하거나 긴장했을 때 나오는 것이라고 한다. 이 상황이 지속될 때 기억력과 판단력 그리고 집중력을 담당하는 전두엽의 기능이 약화된다. 만 12세까지는 아이들의 정서 발달이 이루어지는 시기다. 이 시기에 집중력과 관련이 높은 전두엽이 크게 발달하기 때문에 책도 충분히 읽고 주변 사람과 대화도 해야 한다. 그래야만 감성과 지성이 폭넓게 자라고 생각하는 힘도 커질 텐데 요즘 아이들은 스마트 폰만 붙들고 사는 경우가 많으니 걱정이 된다.

스마트 폰 게임 대신 아이들에게 책 읽는 습관을 길러준다면 어떨까? 독서를 통해 우리는 지식을 얻는다. 동시에 우리의 생각에도

꿈꾸는 엄마는 세상보다 단단하다

동요를 일으킨다. 오랜 시간 집중해서 책을 읽으면 우리는 다양한 생각 속에서 연관성을 깨닫게 된다. 동시에 자신의 논리력을 끌어내고 깊은 생각을 할 수 있게 된다. 창의적 생각은 독서를 통해 성장하고 발전해 나간다고 해도 과언이 아니다. 자신뿐만 아니라 다른 사람들과 함께라면 더욱더 좋을 것이다. 아이와 함께 생각 나무를 키우려면 무엇이 필요할까?

　제일 먼저 아이의 호기심에 집중해야 한다고 생각한다. 사람들이 대부분 간과하는 것이 있는데 남이 좋다고 말한 것이 내 아이에게도 좋다고 믿는 것이다. 두 아이를 키워보니 남이 좋다고 하는 게 반드시 우리 아이에게 도움이 되지도 않았고, 상황에 따라 늘 달랐다. 대신 아이의 눈을 바라보고 이야기를 나누면서 무엇을 원하는지 같이 알아가는 게 먼저라고 생각한다. 그래서 처음 책을 읽어줄 땐 쉬운 그림책부터 천천히 시도했다. 아이의 기호가 반영된 그림이 있는 책은 아이의 호기심을 불러일으키는 것은 물론 상상력이 더욱 크게 확장하기 때문이다. 그때 최대한 손짓, 발짓 다 넣어서 재미있게 읽어준다면 금상첨화다. 책 읽는 상황 자체가 즐거워야 아이들의 습관도 지속할 수 있다.
　아이의 발달 상태에 맞게 읽어주는 것도 중요하다. 이를테면 신생아기에게는 초점 책을, 유아기에는 다양한 그림책을 읽어주는 것이다. 그리고 초등학생이 되면 문학작품을 접해주는 것도 좋다. 여기서 주의해야 할 점은 책의 바다에 빠지기 전에 조급함을 먼저 버리라는 것이다. 우선 제일 좋은 건 아이가 호기심을 가지고 즐겁게 함께 할 수 있는 습관을 만들어 주는 게 먼저다. 아이의 입장이 되어 책 넘기는 것도 스스로 할 수 있도록 도와주고, 아주 천천히 충분히 느낄 수 있도록 배려하자. 단박에 변할 수 있는 상황이 아니므로 아이가 궁금한 부분에 대한 호기심을 가지고 책을 읽을 수 있도록 기다려주어야 한다.

유아기에 자동차를 좋아했던 우리 집 아이들은 팝업 북을 보여주면 손으로 만지다가 책이 너덜너덜해지기도 했다. 공룡을 좋아했던 시기에는 엄마가 들려주는 공룡 카드 이야기에 귀를 쫑긋 세우고 듣기도 했다. 서로 공룡이 된 것처럼 흉내를 내기도 했다. 호기심을 책으로 풀어주면서 아이들만의 새로운 놀이를 만들어 간다면 호기심을 넘어 즐거움이 될 것이다. 그리고 그 즐거운 시간은 아이에게 책 읽는 습관으로 서서히 쌓여갈 것이다.

두 번째는 책을 읽는 시간과 방법의 문제다. 언제 책을 읽는 게 좋을까? 나의 경우에는 영유아기에 엄마가 아이의 몸 상태가 좋을 때를 판단해서 읽어주면 된다고 생각한다. 주로 아이들을 무릎에 앉히거나 눈을 마주 보며 책을 읽어주곤 했다. 인형을 이용해서 실

꿈꾸는 엄마는 세상보다 단단하다

감 나게 읽어준 그림책을 아이는 엄청나게 좋아했다.

하지만 의사 표현이 가능하고 자신만의 생각이 있는 아이에게는 의견을 물어보고 함께 조율해 나가는 작업을 꼭 거쳐야 한다고 생각한다. 엄마가 만든 시간표가 아니라 함께 만들어 가는 시간표가 되어야 한다. 그래야 동기부여가 되고 재미있으며 오래갈 수 있다. 아이와 대화를 통해 가장 좋은 방법을 만들어 가는 과정도 책에 흥미를 갖게 하는 좋은 방법의 하나다.

아이가 하루 중에 제일 기분이 좋을 때는 언제인지? 어떤 책을 얼마큼 읽고 싶은지에 대해 서로 물어보고 약속을 해보자. 또 책을 고를 때도 아이는 싫어하는데 엄마가 좋은 것이라고 억지로 골라서 강압적으로 읽게 하는 책이 되면 곤란하다. 가장 중요한 것은 아이의 의견이 들어간 '즐거운 독서 시간'을 만드는 것이다. 거창한 것 같지만 생각보다 쉽다. 생활 속 일부분으로 독서를 집어넣으면 된다. 하루 속에서 아이와 함께할 수 있는 자투리 시간을 찾아보자. 아침에 일어나서 5분! 잠자기 전 10분! 이렇게 말이다. 처음에는 부담 없이 시작해서 익숙해지면 아이와 상의해서 시간을 더 늘리면 된다.

매일 아침 나는 아이들과 〈아침 독서〉를 실천 중이다. 쉬운 그림책부터 읽고, 그다음에는 창작 동화책을 읽어준다. 전래동화와 세계 명작 그리고 철학 동화도 함께 읽는다. 그저 아이들이 좋아하는 그림책을 한 권 가지고 와서 재미있게 읽어준 게 시작이다. 시간이 흐를수록 아이들은 조금씩 책에 흥미를 느낀다. 처음에는 말없이 귀만 쫑긋하고 듣는다. 그러다가 시간이 흐를수록 자기 생각과 느낌도 함께 이야기하게 된다. 책 속에 나오는 다양한 이야기들로 아이들과 폭넓은 대화가 가능해졌다. 이제는 아침마다 엄마의 목소리를 기다리게 된다. 습관처럼 엄마의 이야기보따리가 풀어지길 기대하는 것이다.

세 번째는 책을 읽고 어떻게 연결하면 좋을지 생각해 보자. 무조건 책을 읽고 끝! 이 아니라 아이의 생각에 불을 붙여야 한다. 책을 재미있게 읽고 나서 생각나는 점을 말해본다. 그 생각을 연결할 만한 책이나 영상 그리고 모든 자료와 함께 보면 좋다.

예를 들어 전래동화에 〈은혜 갚은 까치〉가 나오면 그 동화를 읽고 생각이나 느낌을 말해보고 '내가 만일 OOO이라면 어떻게 할 것인지' 생각해본다. 그리고 자연관찰로 까치와 뱀의 한살이 과정도 찾아본다. 그 이야기들을 여러모로 연결해보는 것이다. 이때 백과사전과 각종 자료를 함께 보는 것도 큰 도움이 된다. 읽은 책에서만 끝나는 것이 아니라 다양한 책을 함께 보면 생각하는 힘은 더욱 커진다. 유튜브 영상과 관련 내용도 함께 보면서 아이들과 자연스럽게 이야기를 나눈다면 생각 나무는 더욱더 튼튼해진다.

꿈꾸는 엄마는 세상보다 단단하다

글 밥이 많거나 생각할 거리가 많은 책은 천천히 읽게 한다. 하루에 5분 정도 책을 읽고 그 뒷부분은 궁금증이 생기면 아이들 스스로 읽도록 유도한다. 아이들이 그 부분을 읽고 난 뒤 퀴즈쇼나 대화를 통해 그 이야기에 흥미를 느끼고 즐겁게 책을 읽을 수 있다. 그렇게 되면 줄거리는 물론이고 주인공의 마음이나 생각도 함께 이야기하면서 즐길 수 있다.

생텍쥐페리의 어린 왕자를 읽으면서 있었던 일이다. 책 속에서 다양한 사람들을 만나는 어린 왕자의 여행기를 따라가며 아이들은 다양하게 변신한다. 어린 왕자가 되기도 하고 때로는 행성 사람들로 변하기도 한다. 그림을 그려보고, 생각을 표현하고, 서로 역할극을 하기도 한다. 그런 자연스러운 활동을 통해 아이들은 더 재미있게 책에 빠져들게 된다.

나는 아이들과 책을 읽고 느끼는 생각을 공유하고 책에 기록해둔다. 책을 통해 생각한 점들을 표현하는 방법은 다양하다. 그림을 그리고 만들기를 할 수도 있다. 주인공이나 등장인물로 변신해서 역할극을 하며 즐겁게 지낼 수 있다. 나는 이런 모습들을 카메라로 담아 블로그에 글도 쓰고 아이들의 생각이 담긴 작은 책도 만들어 준다. 책을 다 읽고 나면 아이들과 함께 즐거운 퀴즈쇼를 한다. 책 읽기를 즐거운 게임처럼 인식시키는 것이다. 이 밖에 영상이나 미디어 등도 함께하면 생각의 범위를 더욱 확장할 수 있을 것이다.

먼저 아이의 호기심에 불을 붙이자. 아이와 눈을 마주 보고 생각을 서로 이야기해보자. 즐겁고 행복하게 책을 읽을 수 있도록 다양한 활동을 곁들여서 책을 읽는다면 금상첨화다.

"나의 창조성과 상상력은 책이 없었다면 불가능했을 것이다"

독서광으로 유명한 영화계의 거장인 스티븐 스필버그(Steven Allan Spielberg, 1946년~)는 이렇게 말했다.

아이와 시간을 가지고 함께 책을 읽자! 다양한 상호작용을 통해 생각이 쑥쑥 자란다. 책을 통해 부모도 성장하고 아이도 함께 성장하는 계기를 만들자. 그렇게 되면 아이와 함께 하는 생각의 나무는 더욱 풍성해지고 행복의 열매는 주렁주렁 열릴 거라 확신한다.

특별한 내 아이를 위한
말공부

"엄마 가려워, 가려운 걸 어떡하라고…"

아들이 아침부터 소리를 질렀다. 갑자기 이유도 없이 가렵다고 한다. 너무 가려워서 어쩔 수가 없다고 긁다가 짜증을 내기 시작한다. 그러더니 마구 화를 낸다.

나는 "괜찮아질 거야. 시간이 지나면 낫겠지"가 이제 통하지 않는다는 걸 직감한다. 아들은 그런 내 말을 거짓말 조금 더 보태서 오백만 번은 더 들었을 것이다. 난감하다. 머리가 하얘진다. 이런저런 생각에 머리가 복잡하다. 아들의 모습을 물끄러미 바라본다. 그리고 조심스럽게 입을 뗀다.

"그러게 말이야, 도대체 이유가 뭘까?"

아들이 나를 응시하더니 묻는다. "뭐가?"

"도대체 왜 가려운 거냐고! 우리 아들 힘들게 말이야. 생각해 봤어?"

아들은 "엄마, 내가 그걸 어떻게 알아"도 아니고 "왜 아침부터 짜증이야!"라는 말 대신 자신에게 되물으니 의아한 모양이다. 긁는 손길이 조금은 잦아든다. 그리고는 내 말에 귀를 기울인다.

"엄마가 보기엔 말이야. 어제 우리가 먹은 게 뭐가 있지?"

아침부터 어제 먹은 음식에 대해 우리는 곱씹기 시작한다. 하지만 그 이유를 찾을 수가 없다. 아들은 앉아있는 나에게 다가와 너무 힘들다며 아예 누워버린다. 난 아들의 머리를 쓰다듬는다. 이미 알레르기약을 먹었고 좋아지려면 시간이 조금 필요하니까 기다리라고 말해준다. 의심이 가는 음식도 없고 운동을 해서 뛴 것도 아니건만 일어나자마자 밥도 못 먹고 20분째 긁고 있는 아들에게 내가 해줄 수 있는 것은 이 정도뿐이다. 배고프다던 아들은 어쩔 수 없이 욕실로 가서 미지근한 물로 샤워를 한다. 아들에게 보습제를 건조한 부분에 2중으로 펴 바른 다음 병원에서 처방받은 연고를 발라준다. 아들의 머리를 말리며 눈을 마주 본다.

"그래도 다행이야, 그렇지?"

"뭐가 다행인데?" 아들이 나에게 슬며시 물었다.

예전엔 뭐라도 잘 못 먹는 날에는 호흡곤란이 와서 숨쉬기조차 힘들었는데 이젠 매일 그러지 않고 가렵기만 하니까 다행이지. 먹을 수 있는 것도 조금씩 늘어난 만큼 가렵지만 그래도 호흡곤란까지는 아니니까 많이 좋아지고 있는 게 아닐까?

내 말에 아들은 조금 전 화가 난 감정이 누그러들었다. 조금씩 장난스러운 얼굴로 다시 돌아왔다. 아무 이유도 없이, 아니 솔직히 말하자면 이유를 알 수도 없게 정말 내가 미치도록 가렵다면 나 같아도 자신의 입장에서 감정이입 해주는 누군가가 있다면 그 고통이 줄어들 것이다. 심리치료 기법 중 제일 먼저 필요한 것이 바로 동일시다. 아들의 감정을 동일시해주면서 같이 화도 내고 방법도 찾고 대화를 나누게 된다. 그러면서 마음이 조금씩 풀린다. 처음에는 화를 냈던 아들도 어쩔 수 없는 상황을 조금은 인정하고 아까보다는 훨씬 상태가 나아진다.

나는 아들이 아끼는 축구 장갑을 꺼냈다. 그 장갑을 살포시 아들의 손가락에 끼워주었다. 그리고 장갑을 끼고 긁으라고 말해주었다. 손톱으로 긁지 못하고 장갑으로 긁으면 잘 긁어지지도 않을뿐더러 상처가 나지 않는다. 아들의 가려운 마음을 이해하면서 긁고 싶은 행동까지 함께 충족시켜주기 위해 그렇게 했는데 아들의 마음이 조금은 나아질까?

만약 장갑을 끼워주지 않거나 상처 부위에 붕대를 감아주지 않는다면 피부는 2차 감염이 진행되고 아들도 더 심각한 상태로 진행될 것이다. 그래서 엄청나게 긁는 날엔 늘 소독을 했다. 일부러 붕대를 감기도 했다. 아들은 붕대를 칭칭 감은 팔에 장갑을 끼고 학교 등원 준비를 서둘렀다. 장갑은 등원 길에 되도록 벗지 말도록 신신당부했다. 그리고 아들에게 선택권을 주었다.

학교에 가서도 너무 가려우면 담임선생님께 양해를 구하고 보건실에서 휴식하고 수업을 듣든지 아니면 학교 가면서 가려움이 가라앉고 괜찮다면 수업을 들으라고 말해주었다. 그리고 아들을 웃는 얼굴로 학교에 보냈다. 아들은 힘겹지만, 천천히 걸음을 뗐다. 30분 전에 나에게 짜증을 부리고 화를 내던 아들은 온데간데없었다.

특별한 내 아이를 위한 말 공부의 시작은 바로 마음을 읽어주는 말이다.

"그러게 말이야. 정말 많이 힘들겠구나"라는 한두 마디가 아이의 마음을 편하게 한다. 자신이 지금 얼마나 힘든지 말하는 아이에게 이만큼 좋은 말은 없다. 아이가 화를 내는 데는 다 이유가 있다. 아이가 화를 내는 이유가 나 때문이 아님에도 엄마인 나에게 제일 먼저 화를 낸다. 왜 그럴까? 아이는 엄마가 내 마음을 알아줄 거라 믿

꿈꾸는 엄마는 세상보다 단단하다

기 때문이다. 자신이 힘든 걸 알아달라는 절절한 외침이다. 특히 알레르기 때문에 가렵고 쇼크 때문에 두려운 아들의 경우에는 이런 말들이 절실했다. 실생활에서 나는 이 5가지 말을 주로 많이 사용해서 아들과 대화를 나눴다. 이 말을 통해 아이의 아픈 마음을 읽으려고 노력했다.

첫 번째 말은 "고생 많았어. 힘든 건 없었니?"라는 말이다. 아들이 학교 끝나고 집에 오면 얼굴에 감정이 고스란히 묻어있다. 때때로 몸이 아파서 중간에 조퇴하는 경우가 허다하다. 그때 아들의 얼굴은 정말 말로 표현하기 힘들 정도로 풀이 죽어있다. 눈을 맞추고 돌아온 아이를 위해 반겨주는 말로 아이와 대화의 포문을 열곤 했다.

아이가 이런저런 말을 쏟아내고 마음을 표현하고 있을 때는 두 번째 말을 써본다.

"그래서 그랬구나"라고 말해주는 것이다. 사실 아들이 하는 말이 전부 다 이해가 가는 것도 아니고 그 상황에선 그렇게 행동하면 안 된다는 걸 알지만 우선은 아들의 이야기를 먼저 들어준다. 왜 그런 행동을 했는지 알아야 아들과 더 긴밀한 대화를 나눌 수 있기 때문이다. 그리고 처음엔 말이 안 되는 것으로 생각했는데 이야기를 들다 보면 아들의 입장에서 충분히 수긍이 가는 행동이라 이해를 할 때도 종종 있다. 그래서 한국말은 끝까지 듣는 게 중요한 게 아닐까? 하고 생각했다. 아들의 이야기에 귀 기울이며 눈을 맞춰주는 공감의 표현으로 아들이 편하게 이야기 할 수 있도록 도와준다.

아들이 어느 정도 상황에 관해 설명을 마무리 지으면 내가 자주 쓰는 세 번째 말을 꺼내 본다. 그래서 "너는 어떻게 생각하니?"라는 말이다. 자신의 상황에 관해 이야기하면서 생각도 함께 말을 했다면 물어보지 않지만 자기 생각을 말하지 않았다면 슬쩍 한 번 물어보고 어떻게 하는 것이 제일 좋은지 생각해본다. 아들이 만약 잘 못 한 거라고 느낀다면 자기 생각을 말하면서 그 점을 인정하고 고치려고 할 것이고, 만약 잘 못 한 점을 느끼지 못한다면 그때는 잘 못 한 점이 무엇인지를 확실하게 이야기한다. 다그치지 않고 아들의 생각을 물어보면서 스스로 가장 합리적인 방법을 찾을 수 있도록 도와준다. 그렇게 되면 아이도 자신의 행동을 한 번은 돌아보게 되고 그 안에서 스스로 무언가를 찾아내고 깨닫게 된다. 이야기의 핵심은 아이의 말을 경청해주고 그에 맞는 해결책을 함께 찾아가는 것이다. 그 뒤에 엄마의 생각도 함께 덧붙여 말해준다. 그렇게 되면 아이는 자기 생각과 엄마의 생각을 함께 비교해 보면서 더 나은 방법을 찾을 수 있다. 아이의 생각대로만 행동해서도 안 되지만 어른이라고 내 말대로 하라고 해서도 곤란하다. 아이 나름대로 이 문제의 해결방안으로 가장 좋은 것이 무엇인지 생각하게 해야 한다. 아이가 좋은 방법을 생각하기 어려워한다면 여러 가지 해결방법을 직접 제시해서 고르게 하는 것도 좋다. 무조건 이렇게 하라고 말하는 것보단 아이와 함께 문제에 대해 생각하고 해결해 나가는 과정이 중요하다.

그리고 마지막으로 아들을 위로하는 말을 덧붙인다. "괜찮아. 더 나아질 거야"라고 말이다. 아이와 함께 찾은 방법을 실천하면서 겪게 되는 시행착오는 엄청 많다. 하지만 이런 시행착오 또한 지속적인 대화를 통해 수정해나간다. 처음부터 완벽한 방법은 없겠지만 아이와 함께 제일 좋은 방법을 하나씩 만들어 가다 보면 더 좋은 길이 열릴 거로 생각한다.

말은 강력한 힘을 발휘한다. 그렇다고 화려한 미사여구를 덧붙여서 말할 필요도 없다. 상대방의 마음을 읽어주고 안아주는 말이면 충분하다. 세상이 아무리 험하고 힘들어도 엄마가 따스한 말을 해주고 안아주면 아이들은 잘 자란다. 나의 주장을 먼저 펼치기보다 아이의 말을 충분히 들어주고 공감해 주는 방법이 제일 좋다고 생각한다. 그 뒤에 잘못된 점을 고쳐주면서 다음에는 더 나은 행동을 할 수 있도록 도와준다. 특별한 아이를 키우는 엄마의 말 공부에는 왕도가 없다. 힘든 아이의 곁에서 함께 하면서 엄마의 따뜻한 온기를 나눠준다면 아이는 세상 누구보다도 행복할 수 있을 거라고 믿는다.

아들과
함께 찾은 행복

"이 상태라면 아마도 학교 가기 전에 알레르기가 없어질 거 같네
요"

"정말 많이 좋아졌네요. 힘드시더라도 그때까지만 힘내세요"

5년 전 아들의 알레르기를 치료해 주시던 의사 선생님은 이렇게
말씀하셨다.

좀처럼 다정한 모습을 찾아보기 힘들었던 의사 선생님이 처음으
로 나에게 환한 미소를 지으며 웃었다. 그 말을 듣고 나는 너무 감
격해서 눈물이 났다. 정말 조만간 아무 걱정 없이 학교를 보낼 수
있을까? 가슴이 두근거렸다. 흡사 꿈을 꾸고 있는 느낌이었다.

다른 사람과의 접촉을 차단하며 은둔 생활을 하고 우유가 닿지 않게 주의하며 지낸 지 1년 넘는 시간에 대한 보상이었을까? 조금만 더 노력하면 이제 아무거나 먹을 수 있는 평범한 아이로 학교에 보낼 수 있을 거라는 기대감에 눈물이 났다.

하지만 얼마 지나지 않아 그 말이 틀렸다는 사실을 알게 되었다. 아무리 노력해도 수치가 더는 내려가지 않았다. 오히려 내려갔던 알레르기 수치는 다시 3배 이상 치솟았다. 그걸 보고 나서야 그동안 해왔던 일들이 아무 의미가 없다는 걸 깨달았다. 이제 얼마 안 있으면 아들이 학교에 갈 텐데 전혀 호전되지 않았다. 점점 애가 탔다.

언젠가는 친구들과 똑같이 먹을 수 있을 거란 생각에 아들은 하루하루 기대했었는데 좋지 않은 결과에 몹시 실망한 눈치였다. 지금은 이미 학교생활을 4년째 별문제 없이 이어가고 있지만, 마음 한구석에는 친구들이 먹는 음식을 자신도 맘 편히 먹고 싶은 마음이 여전히 남아있다.

한 해 한 해 시간이 지나면서 아들은 자신의 상황을 있는 그대로 받아들였다. 어릴 때 내 곁에서 무서워서 울기만 했던 울보가 아니었다. 엄마인 나보다 의젓했다. 그 힘든 상황을 천천히 넘기고 있는 아들이 대견했다. 그 모습에 나도 더 슬퍼할 수 없었다. 결국 기쁨이 와도 슬픔이 와도 그건 늘 멈춰있지 않기 때문에 일희일비할 필요가 없다는 것을 알게 되었다. 우리는 이 순간을 천천히 극복해나갔다. 그런 과정을 통해 마음의 평화가 찾아왔다.

마음의 안정을 찾고 나서 더욱 행복하게 시간을 보내게 된 원동력은 바로 꿈이었다. 지난 오랜 시간 동안 아들의 우유 아나필락시스 쇼크에만 초점을 맞췄던 내 인생의 방향을 나에게로 조금씩 돌렸다. 처음에는 아들을 위해 배웠던 요리였는데 만들어나가는 과정에서 새로운 꿈을 찾게 되었다. 아들이 먹을 수 있는 재료를 이용해서 그것을 나만의 방법으로 연구해 나갔다. 좀 더 건강하면서도 맛있는 요리를 하고 싶은 마음이 꿈틀거렸다. '건강한 음식은 맛이 없어'라는 편견을 깨고 건강하면서도 맛있게 먹을 수 있는 요리를 개발하는 꿈을 꾸는 중이다. 그리고 조금씩 만들어 가며 시행착오를 줄여나가고 있다.

알레르기 쇼크 아이를 키우면서 힘든 시간을 이겨내기 위해 썼던 수많은 글은 어느 순간 내가 작가가 되기 위한 바탕이 되었다. 눈물로 한 글자 한 글자 새겨놓은 나의 편지들은 내 가슴속에서 피어나 새로운 꿈을 꿀 수 있는 디딤돌이 되어 주었다. 글을 쓰면서 힘든 순간을 이겨내고 또다시 힘을 냈다. 그리고 요리와 글쓰기와 더불어 같은 아픔을 가지고 있는 분들을 도와줄 수 있는 프로그램도 만들고 상담가로 활동하고 싶은 생각도 하게 되었다. 주변에 요리하시는 분들과 코치를 하고 계시는 분들에게 상담을 요청해서 조언도 받을 계획이다. 그래서 내년에는 좀 더 나은 방향으로 실현하기 위해 구슬땀을 흘리고 있다.

아들은 자신의 힘든 상황 때문인지 사람들의 아픔에 대해 이해하고 배려하는 마음이 점점 깊어졌다. 아픈 만큼 성숙해진 아들은 힘들고 아픈 사람들을 도와주는 사람이 되고 싶다고 했다. 세상의 문제들에 대해 깊이 생각하고 해결할 수 있는 사람이 되겠다며 의지를 불태웠다. 마음속에서 자신의 꿈에 대해 밑그림을 그리기 시작한 아들이 기특했다. 우선 다양한 분야의 책을 읽고 생각하는 시간을 많이 갖기로 했다. 돌쟁이 때부터 책으로 놀던 아들은 이제 책이 세상에 둘도 없는 친구가 되었다. 우선 아들이 바라는 꿈에 제일 가깝다고 생각하는 직업군으로 과학자와 인류학자를 목표로 삼고 할 수 있는 작은 일부터 천천히 시작하기로 했다. 매년 조금씩 빠르게 흘러가는 시간 속에서 자신이 원하는 꿈을 찾아서 힘을 낼 수 있도록 옆에서 응원하고 힘을 실어줄 계획이다.

아들의 방문 앞에는 두 개의 명언이 붙어있다. 함께 책을 읽다가 발견한 명언인데 너무 좋아서 적어놓고 한때는 매일 바라보곤 했다. 그 명언은 다음과 같다.

꿈꾸는 엄마는 세상보다 단단하다

"자네, 시간이란 말이야. 각각의 사람에 따라 각각의 속도로 달리는 것이야"

극작가인 윌리엄 셰익스피어의 말에서 아들은 자신의 속도로 살아가는 방법에 대해 천천히 알아가고 있다. 남들과 나의 다름을 알고 자신에게 맞는 방법을 찾아 나가는 것이야말로 지금 아들에게 꼭 필요한 일이라고 생각한다.

또 하나의 명언은 "영원히 살 것처럼 꿈꾸고 오늘 죽을 것처럼 살아라"이다.

정말 짧은 생을 불꽃같이 살다 간 미국의 영화배우 제임스 딘이 한 말이다. 그의 명언을 통해 지금 주어진 하루하루를 열심히 살아서 꿈을 이뤄야겠다고 생각 하게 되었다. 이 두 가지 명언은 힘든 이 상황을 유연하게 바라보고 스스로 극복하는 긍정 확언인 셈이다.

힘들고 괴로울 때마다 나는 늘 '그런데도 나는 이것을 이겨내는 사람'이라고 확언했다. 그런데도 라는 말에는 상황이 좋지 않지만, 그것을 딛고 극복한다는 나만의 의지가 담겨있다. 힘들고 어려운 일은 계속 다가오지만 절대 나의 상황을 탓하지 않기로 했다. 또한 누구의 탓도 하지 않기로 했다. 무엇을 이루고 싶다면 절박한 마음으로 노력하기로 다짐했다. 나의 부족함을 인정하고 오늘도 내일도 열심히 나아가다 보면 나에게 기회가 열리고 좋은 일이 생길 거라 믿는다. 이게 그동안 나를 이끌어준 나만의 방법이었다.

나와 아들은 우리의 보물 지도에 이루고 싶은 꿈을 그린다. 먼 훗날 사람들을 돕고 세상을 구하는 사람으로 살아갈 아들의 모습을 그려본다. 지금은 과학자와 인류학자를 목표로 하고 있지만 빠르게 돌아가는 세상 속에서 아들이 원하는 꿈을 찾아 점점 성장할 거라 믿는다. 그때쯤이면 알레르기 증상도 사라져서 뜨거운 태양 아래서도 운동을 해도 괜찮을 정도로 건강해졌으면 좋겠다. 땀이 나도 가렵지 않고 힘들지 않다면 아들이 꿈꾸는 태권도 사범도 축구선수도 무리 없이 할 수 있기를 바라본다.

아들의 알레르기 덕분에 요리에 관심을 가진 나의 꿈은 세상에는 없는 건강한 요리사가 되는 것이다. 힘든 사람들의 마음을 안아주는 내 모습도 함께 그려본다. 세계 곳곳을 여행하며 글을 쓰는 작가로 살아가는 행복한 나를 상상해본다. 우리는 슬픔과 기쁨의 이중주를 있는 그대로 받아들인다. 그리고 세상 누구보다 더 멋지게 행복을 연주한다.

꿈꾸는 엄마는 세상보다 단단하다

날마다 새로운
인생의 바다에 뛰어들자

"살려 주세요"

"살려만 주신다면, 감사의 제물을 바치겠습니다"

거친 폭풍우가 몰아쳤다. 금방이라도 배가 뒤집힐 것 같았다. 안절부절못하는 승객들!

하지만 곧 바다가 잔잔해졌다. 사람들은 언제 그랬냐는 듯 방금 전일을 까맣게 잊고 즐겁게 춤을 추기 시작했다. 그때 누군가가 이렇게 외쳤다.

"친구들이여, 우리는 즐기되 어쩌면 폭풍우를 만날 수도 있는 사람들처럼 즐깁시다!"

고대 그리스의 작가 이솝이 쓴 '이솝우화' 중 항해자들의 한 장면이다. 이 장면에서 이솝은 배를 타고 폭풍우를 만난 사람들의 모습을 묘사하고 있다. 뜻밖의 위험에 안절부절못하는 승객들은 고통스러워하다가 어느 순간 위험에서 벗어난다. 승객들은 위험의 순간은 잊은 채 춤을 춘다. 그 사람들을 보자 성격이 꼿꼿한 키잡이가 외친다. "언제든 폭풍이 다시 올 수 있으니 그 사실을 잊지 말고 즐기자"라고 당부하고 있다.

사람이란 참 간사하다. 처음에 폭풍우가 와서 배가 곧 뒤집히려고 하자 승객들은 저마다 울부짖는다. 스스로 자신의 옷을 찢기도 한다. 그리고 고국의 신이란 신은 전부 부른다.

하지만 곧 바다가 잔잔해지자 언제 그랬냐는 듯 그 고통의 순간을 잊어버리고 즐기기 시작한다. 언제든 몰아칠 수 있는 폭풍우인데도 말이다. 우리의 인생도 그와 같지 않을까? 누구나 인생의 힘든 순간이 온다. 그 순간을 우리는 거울삼아 잊지 말고 대비해야 한다.

아들이 7개월에 알레르기를 진단받고 긴 시간이 흘렀다. 내 인생의 큰 소용돌이가 휘몰아쳤다. 나는 그 순간 울부짖었고 한순간도 편할 날이 없었다. 사람들의 따가운 시선, 매일 밤 고통스러워하는 아들의 모습에 힘든 시간을 보냈다. 아무리 애를 쓰고 노력을 해도 아들은 좋아지지 않았다. 나의 인생이 송두리째 흔들리는 느낌이

꿈꾸는 엄마는 세상보다 단단하다

었다.

그런데 어느 순간 아들을 바라보고 돌보면서 새로운 희망과 꿈을 찾았다. 그리고 조금씩 나를 가두고 있던 고통에 서서히 금이 가기 시작했다. 나는 이제 서서히 깨닫게 되었다. 고통 대부분은 나에게서 왔다는 것을 말이다. 아들을 돌보면서 나를 조금이라도 바라보았다면 이렇게 힘들지는 않았을 것이다. 그랬다면 나는 긴 시간 홀로 고통받고 힘들어하지 않았을지도 모른다.

우리의 인생은 흡사 바다와 같다. 거친 파도와 폭풍우가 몰아치는 힘든 상황을 마주하기도 하고 잔잔한 태양 아래 햇살이 비추는 평온함을 맞이하기도 한다. 이렇듯 우리의 인생은 다양한 모습으로 우리에게 다가온다. 과연 우리는 인생의 바다를 어떻게 헤쳐나가면 좋을까? 이 물음에 대해서 나름의 해답을 찾아 나가는 중이다. 정답은 아니지만 몇 가지 방법을 통해서 전보다 나은 인생의 의미를 조금씩 찾아 나가고 있다.

제일 먼저 있는 그대로 나를 바라보는 것부터 시작했다. 우리는 자신의 모습을 객관적으로 바라보는데 굉장히 서툴다. 왜 그럴까? 우리는 어린 시절에 형제나 자매끼리 늘 비교를 당해왔고, 경쟁 사회 속에서 살아왔기 때문에 남들의 시선에 굉장히 민감하다. 그래서 남들은 신경 쓰면서도 내가 원하는 것이 무엇인지 생각하고 나에 대해 이해하는 것에는 신경 쓰지 않았다. 때로는 나의 의지와 상관없이 미래가 결정되기도 한다. 내가 원하는 내 모습보다 다른 사람이 봤을 때 성공적으로 보이는 인생을 아름답게 생각하기도 한다. 가장 중요한 것은 거울 속에 비친 나 자신이 아닐까? 누구를 위한 삶이 아니라 있는 그대로를 바라보는 나를 위한 삶이 제일 중요하다고 생각한다.

Watching Time을 자주 가지면서 나는 솔직한 나를 들여다본다. 조금은 부족해도 괜찮다고 토닥여 준다. 그리고 내 기억 속에 실수나 잘못했던 점을 반성하고 좀 더 나은 내가 되기 위해 노력하고 있다. 지금, 이 순간 나는 좋은 점도 나쁜 점도 모두 기쁘게 받아들인다. 있는 그대로의 나를 바라보며 사랑해준다. 깊은 사색을 통해 내 안에 들어 있는 부정적인 생각과 이별한다. 세상에 퍼져있는 사랑과 우주의 에너지를 받고 항상 즐겁고 행복한 하루를 선택한다.

두 번째는 내 안에 사랑과 감사의 마음을 채우는 것이다. 나를 그대로 바라보고 나를 사랑하는 것과 동시에 다른 사람 역시 소중한 존재라는 것을 알고 사랑의 에너지를 보낸다. 그동안 힘든 감정을 가득 채우고 다녔던 나의 닫힌 마음을 열고 사랑의 에너지를 가득 채워 넣는다. 나를 사랑해 주는 사람들과 대화를 나누고 감사의 인

꿈꾸는 엄마는 세상보다 단단하다

사를 나눈다. 힘들고 괴로웠던 순간에 사랑과 감사를 통해 점점 커지는 나의 행복을 찾을 수 있었다. 이런 사랑과 감사의 마음은 나뿐만 아니라 다른 사람과 함께 나누면 나눌수록 더욱 행복해진다.

나는 온라인 대화방을 비롯하여 여러 가지 활동을 통해 다양한 분들을 만난다. 또한 블로그와 인스타에서 소소한 일상을 공유한다. 기쁨과 슬픔을 함께 나누고 서로 소통하며 새로운 에너지를 주고받는다. 이런 과정을 통해 행복은 더욱 커진다.

그리고 마지막으로 한계를 두려워하지 않고 실패를 통해 세상을 배워나가고 있다. 어릴 적엔 우물 안 개구리처럼 내가 보이는 것이 세상의 전부라고 믿었던 시절이 있었다. 그 틀 밖으로 나가는 순간 너무 두려워서 그 속에 안주하고 숨고 싶었다. 내가 모르는 세상 속으로 뛰어들기가 두려웠다. 그러던 내가 어느 순간 도전이라는 두 글자를 좋아하게 되었다. 갈매기의 꿈에 나오는 조나단처럼 꿈을 향해 하나씩 도전하기 시작한 것이다. 그리고 부족한 나이기에 늘 실패가 함께 따라온다. 처음엔 그게 너무 싫어서 다시 도전하고 싶지 않은데 신기하게도 실패를 통해 성장이라는 큰 열매가 따라왔다. 완벽하지 않지만, 점점 성장하고 있는 지금, 이 순간을 행복하다고 말하고 싶다.

아들이 쇼크가 있어서 나는 매일 집에서 아이만 바라보고 살았다. 그때는 몰랐다. 그저 내가 있는 이곳이 안전하기만 하면 행복할 거라고 믿었다. 내가 누구인지. 무엇을 꿈꾸고 있는지 전혀 생각하지 않았다. 세상으로 나아가기가 너무 무섭고 두려웠다.

하지만 나는 마음을 바꿔 세상을 향해 아들의 아나필락시스 쇼크를 외쳤다. 그리고 나와 함께 하는 사람들을 만났다. 그리고 내가 한계라고 느꼈던 부분을 벗어나려고 노력했다. 지금 나는 어제와 다른 나를 만났다. 아들과 함께 새로운 꿈을 찾고 도전 중이다. 우리가 한계라고 여겼던 부분을 뛰어넘자 더 큰 행복이 우리를 기다리고 있었다.

동화작가 안데르센의 〈모래언덕에서 전해온 이야기〉에는 이런 구절이 있다.

"바다는 마치 하나의 커다란 책처럼 날마다 새로운 것을 펼쳐 보였다. 잔잔한 바람, 격렬한 폭풍우, 폭풍 뒤에 굽이치는 물결 등 바다는 하루도 같은 날이 없었다"

우리의 인생은 바다와 같이 변화무쌍하다. 그래서 더욱 살만하고 재미있지 않을까? 잔잔한 바람이 불 땐 여유를 가지고 미소를 지어

보자. 거센 폭풍우가 들이닥치는 날엔 폭풍우가 몰고 온 바람을 타고 춤을 추면 어떨까? 거친 파도가 끝없이 밀려와도 절대로 쓰러지지 않는 노련한 뱃사공이 되어보는 것이다.

그러기 위해서는 지금의 나를 있는 그대로 사랑해주어야 한다. 내가 나를 사랑할 수 있을 때 진정한 행복의 길이 열린다고 생각한다. 그리고 그걸 지탱해 줄 사랑과 감사의 에너지를 가득 채워 넣어보자. 그리고 그동안 마음속에 품었던 자신의 꿈을 펼쳐서 도전해보자. 나의 한계를 두려워하지 말고 우선 그 한계를 오늘 벗어던지자. 하루하루 성장해 나가는 드림 미라클~ 성장하는 우리의 모습은 더욱더 눈부시게 빛날 것이다.

두근두근 설레는 하루를 시작하자!

인간에게는 고통과 병이 필요하다.

인간은 고통을 이해하면서

육체가 일시적인 존재에 불과하다는 것을 깨닫는다.

고통과 실패가 없다면 기쁨, 행복, 성공을

무엇과 비교하겠는가.

―톨스토이 〈살아갈 날들을 위한 공부〉

처음에는 고통이라는 것이 무조건 나를 아프게 한다고 생각했다. 이 고통은 대체 언제 끝나고 나는 왜 이래야만 하지? 에 초점을 맞춰서 내가 가지고 있는 기쁨과 행복을 알지 못했다. 조금만 눈을 돌려보면 내 주변에 있는 사랑하는 가족들과 지인들 친지들 친구들이 내 곁에 있었다. 그 눈부신 존재만으로도 난 이미 기쁨과 행복과 성공을 모두 함께 가진 사람이었는데 그걸 알지 못했다. 그 시간은 나의 눈물 시간 속에 묻혀버렸다. 하지만 지금은 누구보다도 이 고통과 실패를 통해 진정한 기쁨과 행복을 느끼고 있다.

아들의 아나필락시스 쇼크는 아직도 여전하지만, 예전보다 더 힘들어하거나 괴로워하지는 않는다. 더 눈을 반짝이면서 아들과 대화를 하고 그 상황을 예의 주시한다. 앞으로도 지금처럼 사고 없이 하루하루 잘 지내면 된다. 시간이 흐르면 언젠간 치료 약이 나올지도 모른다는 기대를 하면서 말이다. 매일 밤 연고를 바르고 등을 긁어주다 보면 아들은 스르르 잠이 든다. 그 모습이 너무 사랑스럽다. 예전보다 마음 편히 잠잘 수 있음에 감사한다.

아들이 알레르기 쇼크를 겪으면서 나는 예전과 너무 다른 내가 되었다. 아무것도 모르는 무남독녀 외동딸에서 요리하는 엄마도 되고 글 쓰는 엄마도 되고 현재는 하고 싶은 일이 많은 꿈 꾸는 엄마가 되었다. 지금 나는 매일 아침 두근두근 설레는 마음으로 하루를 연다. 미래에 대해 행복한 상상을 하면서 말이다.

새벽에 눈을 떠서 책을 읽고 한두 글자라도 적을 수 있는 시간이 있어서 너무 행복하다. 이 글이 모여 또 다른 나의 역사가 되고, 내가 생각한 레시피가 모여 새로운 요리가 될 것으로 생각하니 나도 모르게 어깨가 들썩인다. 과연 나는 조금씩 성장하면서 먼 훗날 성공을 하게 될까? 지금처럼 매일매일 설레는 마음으로 눈뜰 수 있다면 좋겠다.

나도 빨강 머리 앤처럼 내 인생의 길모퉁이를 만나면 이렇게 외칠 것이다.

"이 길모퉁이를 돌면 무엇이 있을지 알 수 없지만 전 가장 좋은 게 있다고 믿을래요!"라고 말이다. 오늘 비록 실수를 저질렀다고 해도 괜찮다. 내일은 새로운 날이니까 더 두근두근하는 마음을 가지고 다시 시작할 것이다.

감사의 말씀

먼저 늘 큰 사랑을 주셨던 하늘에 계신 아버지께 감사한 말씀을 전하고 싶다. 너무 힘든 상황 속에서도 긍정적인 에너지를 불어넣어 주시고 한결같은 사랑을 보여주신 친정어머니께도 감사의 인사를 전한다. 그리고 늘 기쁜 마음으로 두 아이를 사랑으로 돌봐주신 시댁 식구들에게도 사랑과 감사의 인사를 전한다. 그리고 예민하고 까칠한 아내를 위해 주말에 종종 아이들을 데리고 외출해준 나의 영원한 버팀목인 남편에게 감사와 사랑의 말을 전한다.

그리고 마지막으로 작가가 될 수 있도록 도움을 주신 모든 분과 출판에 힘써주신 관계자 여러분께 감사의 말씀을 드린다.

꿈꾸는 엄마는 세상보다 단단하다

부록

알레르기 극복에
도움이 되는 생활 습관

식품 알레르기는 음식을 먹은 뒤에 바로 나타나는 여러 가지 반응 중 알레르기 면역 반응 때문에 생기는 질환이다. 주요 식품은 난류, 어패류, 육류, 우유, 땅콩, 대두, 밀 등 다양하다. 원인 식품을 먹고 빠르게는 30분 안에 증상이 나타나는 경우가 많다. 우리가 흔히 알고 있는 두드러기부터 시작해서 혈관부종, 아나필락시스, 아토피 피부염, 비염, 천식 등의 증상이 있다. 그중 아나필락시스(알레르기 쇼크)는 원인 식품을 먹고 난 뒤에 빠르면 즉시 또는 수 시간 안에 심한 전신 반응이 나타난다. 대부분 피부 증상(두드러기, 혈관부종)이 있고 그 외에 호흡기 증상이나 위장관 증상, 저혈압, 기절 등이 함께 나타난다. 따라서 생명이 위독할 수도 있다. 그렇기 때문에 알레르기가 있다면 관리는 필수다.

우선 알레르기를 관리하기 전에 제일 먼저 해야 할 일은 자신에게 알레르기를 일으키는 원인 식품을 정확히 아는 것이다. 일반적으로 식품 알레르기는 성인보다 유아기와 아동기에 발생 빈도가 더 높다. 소아기 아동의 약 4~8%가 이런 증세를 나타내고 있다는 보고가 있다. 보통 성인이 되면 알레르기는 자연 치유가 되기도 하지만 때에 따라서 평생 함께 가져가기도 한다. 사람마다 알레르기를 일으키는 요인이 다양하고, 식습관 또한 사람마다 각기 다르기 때문이다. 그래서 꼭 병원에서 정확한 검사 후에 의사의 진단에 따라 음식 섭취에 대해 지침(guideline)을 정해야 한다. 생활 속 습관을 통해 알레르기를 조금은 극복해보자.

습관 1 교차-접촉 반응에 주의한다

가족 중에 식품 알레르기 환자가 있으면 그 사람을 위해 조리기구와 식기를 따로 구분하는 것이 기본이다. 이것은 외식할 때도 마찬가지다. 사전에 알레르기 식품을 제외하더라도 교차 반응과 접촉 반응 때문에 알레르기 증상이 유발될 수 있다는 점을 명심해야 한다.

교차-접촉의 흔한 예를 들자면 특정 원인 물질을 만진 후 다른 음식을 조리하는 경우다. 버터를 바른 불판에다 일반고기를 굽는다든지(우유 알레르기) 새우를 조리했던 프라이팬을 이용하여 감자튀김을 하는 경우(해산물 알레르기), 견과류가 들어간 음식을 집은 집게를 그대로 사용하는 경우(견과 알레르기) 등 미처 주의를 기울이지 못한 행동들이 일상생활에서 빈번하게 일어난다. 따라서 집에서는 물론 음식점 등 특정 공간에서 원인 식품의 첨가 여부뿐만 아니라 교차—접촉 여부의 확인도 꼭 필요하다. 사람마다 조금은 다르지만 교차 반응으로도 위험에 빠질 수도 있기 때문이다. 하지만 안타깝게도 우리나라에서는 이런 이야기를 꺼내면 음식점 직원들이 난감해하는 경우가 많다. 어쩌면 한 사람의 생명이 위태로울 수 있음에도 불구하고 말이다. 그래서 주로 가족 외식은 갔던 곳을 위주로 가는 경우가 대부분이다. 그마저도 갈 수 있는 곳이 없다면 집에서 먹을 수 있는 음식을 미리 준비해 가기도 한다.

습관 2 교차 반응을 일으킬 수 있는 식품을 알아둔다

식품 알레르기를 일으키는 원인 음식은 개인에 따라 다르다. 또한, 나이에 따라 차이가 나기도 한다. 나이가 어릴 때는 주로 우유, 계란, 콩과 밀이 흔하다. 하지만 최근에는 견과류가 증가하는 추세에 있다. 여기서 한 가지 주의할 점이 있다. 일부 식품들은 서로 비슷한 성분을 가지고 있는 경우가 많다. 따라서 한 가지 알레르기가 있는 사람이라고 하더라도 다른 식품을 먹어도 증상이 나타나는 경우가 있다. 이것을 '교차 반응'이라고 한다.

예를 들어 우유와 산양유, 게와 새우(가재 등), 호두와 기타 견과류

꿈꾸는 엄마는 세상보다 단단하다

사이에는 교차 반응이 발생한다. 그리고 우리는 생각하지도 못한 식물성 식품과 꽃가루, 과일과 고무(라텍스 장갑) 사이에도 교차 반응이 일어날 수 있다.

예전에 아들과 집에 가는 길에 우유 시판 행사장이 있었다. 그곳에서는 다양한 장난감으로 아이들의 눈길을 사로잡고 있었다. 행사 직원은 우리에게도 우유를 권했지만 나는 아들이 우유 알레르기가 있음을 알리고 괜찮다고 거듭 사양했다. 그런데 직원은 이 우유는 유기농이라 괜찮다고 했다. 비싼 산양유이니 먹여보라고 계속 권했다. 내가 아무리 설명을 해도 이해할 수 없는 표정을 지었다. 비단 우유뿐만이 아니다. 유기농 채소와 친환경 계란이라며 해당 알레르기가 있다고 해도 먹어보라고 말하는 사람들이 너무 많다. 물론 사람마다 다를 수도 있겠지만 교차 반응의 위험을 충분히 알고 있다면 이렇게 권할 수 없을 것이다.

습관 3 **식품 내용물 표시(식품 라벨) 읽는 법을 숙지한다.**

- 원재료명을 유심히 살피자.(작은 글씨로 대부분 깨알같이 적혀 있는 경우가 많다.
- 알레르기 식품을 의미하는 다른 표기법도 알아두자.

  (예를 들어 우유는 카제인, 유청 단백, 전지분유, 유청 분말, 유단백 등 다양하다.)

다른 표기법은 자료 첨삭 필요 (가공식품 내 알레르기 표시 성분 표시 표 있음.)

- 성분이 유사하거나 교차 반응이 있을 만한 제품군은 확인하자. (전화로 확인 필수)
- 약품도 알레르기 성분이 포함될 가능성이 있으니 꼭 확인해야 한다. (유산균이나 기타 약에 다양한 알레르기 원인 물질이 들어간다.)
- 제조과정에서 알레르기 용기나 시설을 함께 사용하였는지도 확인한다.

이런 것들은 장을 볼 때나 식품을 구매할 때 실생활에서 꼭 필요한 생활 습관이다. 다른 사람들이 가격과 물건을 볼 때 나는 뒷면의 원재료명을 살핀다. 될 수 있으면 자연식품을 구매하여 조리하고 가공식품을 구매할 때는 되도록 첨가물이 적게 들어간 것을 고른다. 그리고 의심이 가면 식품회사에 꼭 전화를 걸어 문의하는 습관이 있다.

습관 4 대체 식품을 이용하자

알레르기가 있어서 먹지 못하는 원인 식품은 다른 비슷한 성분의 식품으로 대체한다. 자라나는 성장기 아이들에게 음식을 통한 영양분 공급은 필수적이다.

- 달걀의 경우는 흰 살 생선이나 쇠고기, 돼지고기 또는 두부로 대체해주면

꿈꾸는 엄마는 세상보다 단단하다

좋다.

- 우유의 경우는 멸치, 두부, 해조류로 대체할 수 있다.

- 밀가루는 쌀가루, 옥수수, 당면이나 쌀떡 등으로 대체할 수 있다.

- 해산물은 육류와 두부, 달걀 등으로 대체해준다.

- 육류는 철분이 많은 해조류와 생선류로 대체한다.

- 과일 채소는 먹을 수 있는 다른 과일이나 채소로 대체한다.

- 콩은 참치, 치즈, 고등어, 쇠고기, 돼지고기 등으로 대체한다.

- 땅콩은 견과류를 제외한 식물성 기름으로 대체한다.

식품 알레르기는 누군가에겐 매우 고독한 싸움이다.

나는 장을 볼 때면 눈이 빠질듯이 식품 뒷면의 원재료를 유심히 살펴본다. 제대로 표기되지 않으면 식품회사에 전화를 걸어 묻기도 한다. 알레르기 때문에 문의한다고 하면 자세하게 알려주는 곳도 있다. 그런 경우는 진짜 다행이다. 하지만 귀찮아하는 곳이 대부분이다. 아예 알아보지도 않고 무조건 먹이지 말라고 하는 경우에는 정말 마음이 아프다. 식품회사에 따라 영업비밀이라 알려줄 수 없다고 하는 곳도 있었다. 그런 경우는 참으로 황당하다. 내 마음은 그게 아닌데 말이다.

그래도 그나마 다행인 것은 요즘 조금씩 알레르기에 대해 이해해 주는 분들이 많이 늘었다는 점이다. 먼저 물어봐 주고 다가와 주는 분도 있으니 감사할 따름이다.

　이렇듯 알레르기는 평소 주의해야 할 사항들이 많다. 먼저 원인 식품이 닿거나 음식에 들어가지 않도록 주의를 기울이자. 그리고 먹지 못하는 아이의 마음을 헤아려 주는 노력도 필요하다. 아이가 먹을 수 있는 대체 재료로 음식을 만들어 주자. 아이의 건강과 행복을 위해서 말이다. 알레르기를 극복할 수 있도록 함께 노력하는 것이 중요하다.

　꿈꾸는 엄마는 세상보다 단단하다

모두가 알아야 할
아나필락시스 행동지침(매뉴얼)

　새 학기가 시작되면 꼭 해야 할 일이 있다. 그것은 바로 학교에 "우리 아들은 우유 아나필락시스 쇼크가 있어요"라고 말하고 이해를 구하는 일이다. 학교를 찾아가는 내 손에는 알레르기 쇼크 응급 행동지침(설명서)이 들려있다. 너무 길고 장황하지 않게 핵심만 적는다. A4 용지 한 장에 모든 내용은 압축된다. 한눈에 들어오기 쉽게 만들어야 보는 사람도 힘들지 않고 부담이 없다. 그리고 병원에서 받은 알레르기 안내 책자도 함께 챙긴다. 자세한 세부 사항은 책 속 그림과 도표로 설명해야 이해가 쉽기 때문이다. 만일의 사태에 대비해 의사에게 처방받은 알레르기약(항히스타민제)과 응급 주사(젝스트)를 꼭 챙겨간다. 쇼크가 있는 경우에는 의사 소견서나 진단서를 보여주면 더욱 좋다. 그래야 담임선생도 보건 교사도 아들의 상태에 대해 정확히 파악할 수 있다. 거기에 알레르기에 관련된 동화책 두 권도 함께 가져간다. 눈에 잘 띄는 교실 책꽂이에 살포시 꽂아둔다. 친구들이 아들의 알레르기를 조금이나마 이해하고 배려해 주면 좋겠다는 마음을 가득 담아서 말이다. 매년 하는 일이건만 늘 마음이 무겁다.

내가 만든 알레르기 쇼크 응급 행동지침에는 아들의 이름과 반이 적혀있다. 그리고 내용에 아들의 알레르기 원인 식품들과 알레르기 반응으로 일어날 수 있는 가벼운 상황과 심각한 상황에 대해 적혀있다. 그리고 그 아래에 대처 방법도 자세히 적어뒀다. 물론 가벼운 경우에는 두드러기로 멈추기 때문에 약으로 해결할 수 있다. 하지만 심하면 아나필락시스 쇼크로 인해 생명이 위태로워진다. 이때 가장 중요한 점은 무엇이 아나필락시스 증상인지 제대로 알아야 대처할 수 있다는 것이다.

아나필락시스는 원인 식품(식사나 간식 약의 경우에 해당)을 섭취 후 수분 이내에 발생하거나 운동이나 야외활동을 한 경우에 주로 발생한다. 이 밖에 곤충에 쏘이거나 물렸을 때 발생하기도 한다. 이때 응급 상황이라고 판단할 수 있는 징후가 있다. 그 징후를 살펴서 빠른 처치를 해야만 쇼크에서 벗어날 수 있다. 다음은 응급 징후들을 알아두고 상황을 예의 주시하자.

응급 상황이라고 판단되는 징후

1. 피부가 전체적으로 붉어지고 두드러기가 생긴다.

2. 숨이 차고 쌕쌕거린다.

3. 혀가 붓거나 가렵다.

4. 목이 답답하다고 호소한다.

5. 말하기가 힘들어지고 목소리가 잠긴다.

6. 기침을 계속하고 2번의 증상이 심화한다.

7. 어지럽다고 하며 의식이 없어진다.

8. 창백하거나(청색증) 축 늘어진다. (의식소실 가능성이 있음)

9. 배가 아프거나(복통, 설사 동반) 구토를 한다.

위와 같은 증상 중 두 가지 이상 지속할 때 아나필락시스라고 판단한다.

대부분 가벼운 반응이란 두드러기나 아토피 피부염, 비염 같은 반응이다. 주로 한 가지 반응이 나타나는 것이 일반적이다. 그러나 아나필락시스는 다르다. 피부 증상(두드러기와 혈관부종)이 있고 추가로 다른 증상이 하나 더 발생한다. 즉 두 가지 이상의 반응이 함께 일어난다. 쇼크 반응은 사람마다 천차만별이다. 그래서 아나필락시스에 대한 지식과 대처 방법을 꼭 알아두어야 한다.

아나필락시스 응급환자 대처 요령

1. 원인 식품이나 요인을 제거하거나 중단한다.

2. 평평한 곳에 눕히고 의식과 맥박 호흡 등이 괜찮은지 점검한다.

3. 신속하게 119에 전화를 걸고 주변에 도움을 요청한다. (보호자 연락)

4. 상황에 따라 응급 주사(젝스트)를 주사하고 시간을 기록한다.

* 응급 상황 시 학교의 경우 보건 교사가 응급 주사를 놔줄 수 있다.

  (법령에 근거함)

5. 다리를 올려 혈액순환을 유지해 준다. (산소마스크가 있으면 산소공급을

  해준다)

6. 2차 상황에 대비하며 상급 병원으로 이송한다.

** 3, 4, 5번은 동시 실행이 원칙이다.

이처럼 응급한 상황이 되었을 때 여러 행동을 신속하게 처리해야
하므로 당황하지 않으려면 사전에 충분한 대화가 필요하다. 그리고
전반적인 응급 행동지침(설명서)을 충분히 숙지하고 있어야 한다. 그
래야 (사전 예방이) 신속한 대처가 가능해진다.

꿈꾸는 엄마는 세상보다 단단하다

나는 아나필락시스에 대해 병원에서 알려준 정보 외에도 교수님들의 논문도 읽어보았다. 국내외를 막론하고 다양한 알레르기에 관한 정보를 읽고 좋은 방법을 생각했다. 그래서 많은 고민 끝에 내 아이에게 맞는 행동지침까지 만들게 되었다.

과연 알레르기가 있는 아이들이 다른 아이들처럼 평범한 삶을 살기 위한 방법에는 무엇이 있을까? 아이들이 다니는 유치원과 어린이집 그리고 학교에서 효과적으로 알레르기를 관리하는 방법은 무엇이 있을까?

우선 식품 알레르기에 대한 지침을 마련하고 이를 알리는 게 급선무다. 그래야만 알레르기 유발 식품에 대한 정보가 자세히 공개되어 알레르기의 사전 예방이 수월해진다. 교육기관에서는 실태조사 및 파악이 필요하다. 입학 시 받는 설문지와 입학원서를 통해 기관에서 알레르기에 대해 사전에 조사하고 그 내용을 미리 숙지하는 것이다. 그 이후에는 알레르기 환아·동의 개별 면담 및 상담을 해야 한다. 면담을 통해 환아의 상태나 증상의 정도를 정확히 알 수 있다. 그렇게 되면 위급 상황 발생 시에도 빠른 대처가 가능하다. 그리고 지속해서 아이의 상태를 관찰하며 정기적으로 면담한다.

또한, 영양사와 조리사도 대체식과 제거 식을 함께 상의하고 상호 협조해야 한다. 급식에 제공되는 음식을 살피고 해당 항원(몸 안에 침입하여 항체를 만드는 단백성 물질)이 들어갔는지 들어가지 않았는지 확인하는 것이다. 이때 급식 배식 관련 사실과 영양 일지 작성도 도움이 된다. 매달 일정 기간 간담회 형식으로 식단의 조리법이나 대체 식·제거 식 관련 회의도 꼭 필요하다. 그래야만 알레르기 환아 개개인의 특성에 맞게 조율을 할 수 있다. 도시락을 준비해야 하는 범위를 알게 되어 영양사와 부모 사이에도 혼선이 줄어든다.

그러나 안타깝게도 우리나라는 체계적인 행동지침이 없는 상태다. 그래서 학기 초가 되면 학부모들은 늘 불안하다. 나 역시 아들을 유치원과 학교를 보내면서 그 불안감을 안고 살았다. 그래서 직접 행동지침까지 만들어 학교에 제공했다. 담임선생부터 교장 선생, 보건 선생님, 영양사까지 많은 사람을 만나 알레르기 쇼크에 대해 논의했다. 결국, 학교에서 사태의 심각성을 인식하고 응급 행동지침을 함께 만들어 주었다. 이렇게 나처럼 학교 측의 빠른 대응으로 응급 대체 행동지침이 만들어지는 예도 있다. 하지만 그것도 개개인의 노력으로 완성된다는 사실이 서글프다. 언제 어디서든 공통으로 세부 관리를 받을 수 있는 행동지침은 시급히 만들어져야 한다. 이런 행동지침들이 꼭 만들어져서 널리 보급되면 좋겠다. 작은 관심과 배려가 소중한 생명을 구할 수도 있다.

"한 해의 운명은 좋은 담임선생님과 영양사 선생님에 따라 달려 있다"

알레르기 아이를 키우는 학부모의 서글픈 말이다. 아무리 부모가 노력해도 무심코 주는 음식 하나에 아이는 아프고 엄마들은 눈물을 흘린다. 제일 먼저 시급한 것이 알레르기에 대한 인식 변화다. 두드러기 정도의 가벼운 반응만 생각하는 발상은 위험하다. 이를 위해서는 시설 전반에 알레르기에 대한 체계적인 교육이 필요하다. 아는 만큼 서로에게 이야기할 수 있고 상호 협력할 수 있기 때문이다. 서로 이해하고 배려하는 사회 분위기가 마련된다면 더할 나위 없을 것이다.

119 맘의 알레르기 불감증 세상에서 살아남기

꿈꾸는 엄마는 세상보다 단단하다

초판 1쇄 발행 | 2021년 9월 3일

지은이 | 한은진
펴낸이 | 이재은
편집 | 이종구
디자인 | 김민정
마케팅 | 이주은

펴낸곳 | 세상모든책
출판등록 | 1997.11.18. 제10-1151호
주소 | 용인시 기흥구 구성로 90 (205-1301)
전화 | 031-274-0561   **팩스** | 031-274-0562
이메일 | everybk@hanmail.net
ISBN | 978-89-5560-390-3 (03800)